Pedro Infante

Medio siglo de idolatría

Jesús Amezcua Castillo

1.ª edición: Mayo 2007

© Jesús Amezcua Castillo, 2007

© Ediciones B, S.A. de C.V. 2007
  Bradley 52, Colonia Anzures. 11590, México, D.F.
  www.edicionesb.com
  www.edicionesb.com.mx

Fotografía de portada: Cortesía de Guadalupe Infante.

ISBN: 978-970-710-257-8

Impreso por Quebecor World.

PEDRO INFANTE
MEDIO SIGLO DE IDOLATRÍA

Jesús Amezcua Castillo

EDICIONES B
GRUPO ZETA

Barcelona • Bogotá • Buenos Aires • Caracas • Madrid • México, D.F. • Montevideo • Quito • Santiago de Chile

«Pienso que si los artistas vivimos con alguna holgura, es debido al favor del público al que nos debemos. ¿Qué ganaría yo con ser fatuo, engreído, si mañana o pasado el público me retira de la circulación y me veo otra vez oscuro como lo era antes, cuando nada tenía y todo lo deseaba? Todo esto es humo, vanidad, "bella flor que se evapora" (como dice la canción), y creo que yo por lo menos, cuando deje de interesarle a ese público tan querido, que me ha dado más de lo que esperaba, no sufriré tanto, puesto que humilde nací y humilde entre los humildes espero pasar los días de mi vida.»

PEDRO INFANTE

Introducción

Cinema Reporter
6 de febrero de 1957
Pedro Infante: rey de la popularidad
Juan Tirado M.

Pedro Infante, el astro más popular en el Perú, según el concurso organizado por el diario La crónica de Lima, en el año de 1956, logrando esa victoria, dejó atrás a los famosos astros del cine norteamericano, tales como Rock Houdson, Tony Curtis y Marlon Brando, acaba de terminar una pequeña temporada entre nosotros, pequeña, digo, por el tiempo en que actuó, pero grande y nunca vista en este país en su significado artístico y popular. Este celebrado actor mexicano se conquistó la simpatía unánime por su sencillez y alegría como dijeron los colegas de la revista Caretas de Lima.

Este charro sencillo ha rebasado los diques de la popularidad, adultos y niños han acudido a verlo, a escucharlo cantar, aplaudirlo y regocijarse con su innata gracia. En un corto reportaje que le hicimos nos contestó: «Soy natural de Sinaloa. He filmado en mi vida cinematográfica cincuenta y seis películas. Practico todos los deportes, en especial, el levantamiento de pesas: la próxima película será con John Dereck en El Charro y el Cowboy. Aquí en Lima me siento como en mi propia patria. Nunca imaginé ser tan popular en esta hermosa nación que es el Perú. Mando un afectuoso saludo a todos los mexicanos y uno muy especial a Roberto Cantú y dígale que se lo manda el peláo, él ya sabe.»

La corta temporada que Pedro Infante pasó en Lima, Perú, conquistó el corazón de las multitudes por su arrolladora simpatía y popularidad. No fue necesario hacerle preguntas, él las contestó sin necesidad de inquirirle. Admiradores de todas las edades y de todos los sexos se agolpaban para recibir un autógrafo, una foto o una frase cariñosa del astro mexicano.

Pocos artistas en la historia de los espectáculos y la cultura de nuestro país son recordados con cariño por distintas generaciones que contemplan su obra a través de diferentes medios. En la actualidad, Pedro Infante es una de las figuras más queridas, admiradas y respetadas del pasado y presente siglo. Es por ello, uno de los mitos más sólidos de nuestra Nación. Su trayectoria cinematográfica y la fundación de un estilo musical único, lo han proyectado a distintos escenarios y pasiones, venciendo así el olvido que habría supuesto su trágica muerte, ocurrida el 15 de abril de 1957, en la ciudad de Mérida, Yucatán.

Al momento de fallecer en aquel accidente aéreo, Pedro Infante era considerado el artista más popular de México y Latinoamérica. La fama conquistada con sus películas, grabaciones musicales y giras, fue el detonante indispensable para su transformación, con el paso de los años, en leyenda.

Detrás de él ya existía una biografía admirable: la del joven artista provinciano que, sin claras expectativas de trabajo y un futuro incierto, escapa con escasos recursos económicos hacia la capital del país en busca de oportunidades, y que debe pagar con humillaciones y descalabros esa sed de triunfo. Algunos magnates de la industria le cierran las puertas y se burlan por su forma de hablar, por su nerviosismo ante los micrófonos y su ingenuidad. Mueven la cabeza en señal reprobatoria cuando escuchan su voz; le recomiendan regresar al oficio de carpintero en el que seguramente no le faltarían clientes, debido a su habilidad para construir muebles e instrumentos musicales.

En pocas palabras y desde esa perspectiva, no sirve para este negocio. Sería en vano firmarle un contrato, ¿para qué perder el tiempo? Lejos de causar su desaliento, aunque sí amargas anécdotas, Pedro decide aprender. Mejora notablemente bajo la tutela de quienes le han tenido un voto de confianza y ven en él posibilidades. Logra lo que parecía imposible: el éxito. Emerge así una figura sólida en el mundo del cine y el canto.

A partir de ahí, su imagen se convirtió en ícono de una sociedad de gustos cambiantes, debido a la multiplicidad de sus personajes en escena. Se integró en el mosaico de la cultura popular de nuestro país y, por tanto, definió desde ahí sus características esenciales: la sencillez y el carisma con el público. En cualquier lugar en el que se presentara con su repertorio, ejercía un singular poder de convocatoria. La gente se le entregaba a través del aplauso y el reconocimiento. En honor a su legado, ellos le confirieron la mejor recompensa: la inmortalidad.

A cincuenta años de su desaparición física, el artista sinaloense sigue presente en el gusto de sus admiradores. Una muestra que enmarca diversas edades, clases sociales, ideológicas, costumbres y tradiciones, lo recuerda. Se aferran a la permanencia de su imagen, pues en él se sintetiza un periodo único e irrepetible del país, un capítulo construido con cierta melancolía e idealismo. Pedro Infante, es pieza clave de un pasado casi perfecto.

La época denominada «de Oro» en nuestro cine, favorecida por la segunda Guerra Mundial al poner en aprietos momentáneos la producción fílmica de Italia, Francia y Estados Unidos, permitió la competitividad del mercado mexicano. En este espacio surgió Pedro Infante, un actor que interpretaba y encarnaba la forma de pensar del pueblo para conducirlos, a través de sus personajes, a una retroalimentación directa.

Aunque los primeros directores le ayudaron a perderle miedo a las cámaras, Ismael Rodríguez es considerado su verdadero artífice. Le dio un estilo y una escuela que le permitieron comportarse con naturalidad en pantalla. El propio actor así lo recordaba: «Me sentía muy triste porque nunca le atinaba a nada. Después me di cuenta de que ahí estaba el camino por el cual podíamos hablarle al público. Él me dio la carrera, él me enseñó.»

El mérito de Ismael Rodríguez Ruelas, quien falleció en la Ciudad de México el 7 de agosto de 2004, fue el de conferir a Pedro un estatus dentro de la industria fílmica a partir de historias que transmitían un cúmulo de encontrados valores y sentimientos. Producciones cinematográficas que de igual forma arrancaban aplausos, maldiciones e incluso lágrimas. Por primera vez la gente pudo convencerse de que tenía ante sí a un actor suyo, y no una lejana figura a la cual se le rendía admiración.

Nada quedaba de aquel aprendiz. Consagró su fama como estelar de reparto en diversas firmas, pese a ser duramente criticado por algunos reporteros de aquella época que lo describían como un individuo con suerte, un simple carpintero venido a más, nada del otro mundo.

Su nombre comenzó a ganarse un sitio entre las luminarias del lente, atrajo tumultos y expresiones de cariño. Se consolidó como un buen vendedor de discos y una figura de la radio. Temas como *Amorcito corazón, Cien años, Flor sin retoño, Mi cariñito, El muñeco de cuerda, Nocturnal, Luna de octubre, Mañana, Tu recuerdo y yo, Serenata sin luna, Copa tras copa, Nube gris, Nana Pancha, El copetín, No volveré*; entre otras tantas que hizo famosas, permanecieron en los primeros lugares de popularidad.

La voz que en un principio considerara el maestro Manuel Esperón, semejante a la de un «chivo», fue capaz de interpretar una gran variedad de estilos; desde el ranchero, pasando por los valses, también lo boleros rancheros o los temas infantiles: *El piojo y la pulga, Conejo Blas, Yo soy quien soy, El rey de chocolate, El osito carpintero*... Los niños comenzaron a familiarizarse con su nombre, e indudablemente, su carisma los cautivó también.

Sin premeditarlo, Pedro Infante cumplió con un requisito más para ser recordado entre su gente: morir de forma trágica y en la cúspide de su carrera. Una pérdida que conmocionó al país desde temprana hora y que desató un auténtico ambiente de luto, el cual, hasta provocó intentos de suicidio entre las jóvenes enamoradas del ídolo. Ese día había muerto un amigo, un ser querido, un talentoso artista.

Su funeral fue uno de los más concurridos y seguidos por los medios de comunicación. Basta consultar los informes periodísticos que describen la magnitud del percance y el dolor de su pérdida. Algunos pagaron cinco centavos a los dueños de televisores en pueblos y vecindades, para ver el cortejo fúnebre y el sepelio. Otros lloraban, se emborrachaban; muchas mujeres rezaban por el descanso de su alma y le colocaban altares. A partir de su pérdida, se descubrió lo mucho que significaba para sus admiradores y compañeros de trabajo.

Quienes recuerdan aquel Lunes Santo día 15 de abril, lo describen como un día triste. La negación de una partida incongruente. Pues en la filosofía popular, muerte y juventud no deben ir de la mano. Esa es la verdadera naturaleza de la tragedia. El público no sólo aplaudía al astro, sino que además para ellos encajaba perfectamente en el mundo de sus experiencias cotidianas.

La exaltación de los pobres en un México de evidentes desigualdades sociales fue uno de los factores que garantizaron sus éxitos en taquilla, sin demeritar su excelencia histriónica. Pedro, a través de sus distintos nombres y oficios, daba lecciones de supervivencia y nutría a una clase social de ideales y aspiraciones de vida. La oferta de valores y contravalores, acentuados por situaciones de miseria o condimentadas por aventuras épicas en las cuales la verdad y la mentira, el bien y el mal se identificaban sin problema, moldearon el barro del ídolo sinaloense. Era, por tanto, un artista creíble.

Ceñida a estas características, no se puede negar lo más grande de este personaje: su humildad, la condición de no haber perdido piso ante la fama y la fortuna. Son múltiples las crónicas noticiosas de esos años, así como los testimonios intercambiados por sus colegas y gente que lo trató, a través de los cuales se deja ver un ser sencillo, sin poses, agradecido con el público que le otorgó, a él y los suyos, un nivel favorable de vida: «No le debo nada a nadie, y le debo todo a todos.»

Su imagen va unida a la memoria colectiva, a la tradición oral. Por eso la anécdota, durante la reconstrucción permanente de su leyenda, es de vital importancia. Su vida siempre se reescribe, porque aún falta tanto en qué profundizar: su familia, su faceta artística, sus romances, la negación de su muerte, la existencia de sus dobles, la presencia de sus fantasmas en los lugares que habitó… Estos elementos solidifican su vigencia y lo transforman generacionalmente.

Sin duda es inmortal. Su público lo extraña. En ocasiones, parece que el dolor ocasionado por su partida nunca encontró resignación a los pies de su sepulcro en el Panteón Jardín, donde lo despidieron un Miércoles Santo, entre canciones y rezos.

Aún lo visitan y le dejan flores, a manera de homenaje por increíble que parezca, medio siglo después.

I

EL INICIO

Los pasos del ídolo

Esta bien puede ser la escena de una película. Pedro Infante se abre paso entre la gente a empujones. Las personas que se le aproximan intentan quedarse con algo suyo. Ha sentido en repetidas ocasiones que aquellas decenas de manos anónimas intentan sujetarlo con fuerza. La piel de la espalda y los hombros le arde. Se ha convertido en una especie de equilibrista en la cuerda floja que se ladea y amenaza con caer. Sin embargo, resiste la fuerza de los embates que le deshacen la ropa: un botón, un jirón de la camisa blanca. Los lentes oscuros con armazón dorado siguen seguros en la bolsa izquierda del pantalón negro.

Pese a todo, no protesta. Le da por reírse como una persona que se sabe famosa, deseada. Escucha que gritan su nombre en diminutivo, con la convicción de que les pertenece. Es suyo en cierta forma, de todos a la vez: de los niños curiosos, de las mujeres seducidas a su paso y de los hombres que han formado amistosamente, aunque en vano, un cerco protector para que no lo lastimen. A fin de cuentas, eso es lo que deseaba desde un principio: no pasar inadvertido entre las calles, ser reconocido por el público que asiste a los cines y palenques.

Qué situación tan distinta a cuando llegó a la capital en busca de una carrera artística. Tenía ilusiones como las de cualquier joven pueblerino de esa época que veía en la urbe la gran oportunidad del progreso. Aunque para llevarlas a cabo, tuvo que vencer el hambre, el rechazo y la burla. ¿Por qué enojarse ahora?

No ha podido avanzar ni cuatro pasos y nota que le devuelven hasta la puerta de la casa a la que entró a saludar a un viejo amigo de la infancia. La algarabía de los cuerpos, manos, ojos, sudores y gritos no lo desespera. Con el paso del tiempo se ha ido acostumbrando a ellos; ya es algo común. Sabe que hay un precio para todo, incluida la fama. La disfruta. Es un baño de emociones necesario para volverlo a la otra realidad, para recordarle que se ha convertido en una persona importante. Ha cumplido con ello la promesa hecha de niño a su madre, con tal de que le diera dinero: «Voy a ser un cantante famoso, ya verás.»

Ante la muchedumbre se siente algo nervioso, pero también apenado y agradecido. No puede entender muy bien a todos. El sonido se intensifica entre resonancias que amenazan con nublarle la conciencia.

Y es que, cuando se enteraron de su presencia, varios salieron corriendo a su encuentro, olvidando los deberes. Lo conocen por las notas en el periódico y las revistas, a través de las fotos que dan testimonio de la sencillez contenida en cada uno de sus gestos. Es la primera vez que viene a Michoacán, a esta tierra pueblerina, similar tal vez a la de Guamúchil que lo vio crecer, con un cielo también lleno de claridad.

Parece el mismo. La pantalla que lo ha mostrado en blanco y negro, o en ocasiones a color, no ha hecho sino dibujarlo en apariencia: es más varonil y apuesto de lo que creían. De eso se dan cuenta las mujeres que le gritan emocionadas y lo jalonean: aquí una se ha desmayado, allá otra se cubre la boca con ambas manos mientras brinca. Por su parte, los hombres calman la sed de los celos, no les agrada del todo que ellas estampen sus deseos más íntimos, como tatuajes, en el cuerpo atlético, aprisionado en medio de la bola.

Le piden que cante, aunque sea, igual que lo hace en sus películas o en los discos. Acepta sin demasiados reparos, convencido de que será en vano argumentar cualquier pretexto. No hay guitarras ni instrumento alguno. Que sea así, «naturalita». La gente se ha calmado mientras la canción se desvanece. No por ello dejan de aplaudir o gritar vivas y corear la melodía para después contar a quien se ha perdido la presentación no oficial de Pedro Infante, semidesnudo del torso, en casa del Güero. Nadie imaginaba que la estrella del cine nacional conocía al inquilino. Ya se despedía de él cuando lo sorprendieron los primeros vecinos que se enteraron de su presencia, luego de que un niño lo vio y se apresuró a contar la noticia. Entonces lo sorprendió la turba de seguidores que comenzaron por abrazarlo, luego a besarle las mejillas e, inexplicablemente, a tironearle de la camisa.

Ahora está en el centro, una vez más, de sus sueños y aspiraciones. Terminado el canto, se acercan a empujones en busca de un autógrafo, le hacen saber que siguen detenidamente sus pasos. Él sigue sonriente, aun en el penoso estado en el que se encuentra. Escucha las condolencias por la trágica muerte de su hijito en el incendio de la carpintería y la pérdida desgarradora de la Chorreada en el accidente aéreo. Esos dos hechos no encuentran, al menos en estas personas, una diferencia real. Pedro ha intentado convencerlos de que el Torito es un niño ficticio, que no es su hijo, pero una señora le aclara que no debe preocuparse, pues ha ofrecido sus últimas comuniones los domingos por el eterno descanso del pequeño. Vencido por esa ingenuidad sin malicia y por los rasguños en la espalda y brazos, se despide al momento de emprender la huida hacia un automóvil que lo aguarda.

Un señor se dirige a él, por medio de señas intentando ayudarlo sin lograrlo. Una vez más los admiradores lo tocan, hay sudores, gritos; todo es un caos. Pedro tambalea por segunda vez y cae ante los empujones de la gente.

Por un momento todos callan, preocupados. La tranquilidad resurge cuando notan que él se incorpora y se soba el codo derecho, sin reclamar. Le preguntan si se siente bien, a lo que Pedro Infante solo mueve la cabeza en señal afirmativa. Al fin lo dejan partir con la esperanza de volver a verlo, quizá no en este mismo sitio, pero con toda seguridad, proyectado en la oscuridad de una sala de cine.

¿Cuántas pasiones ha despertado Pedro Infante? ¿Con cuántas anécdotas nos hemos topado en el momento de indagar su vida y obra? Su trascendencia es única en nuestro país, debido al aura mítica que lo acompaña.

Su padre, Don Delfino Infante García, originario de Acaponeta, Nayarit, y de profesión músico, nunca imaginó que el tercero de sus hijos se convertiría en un famoso artista, ni que sería tan recordado después de su muerte. Cuando decidió unir su vida a la de María del Refugio Cruz Aranda, originaria de El Rosario, Sinaloa, solo aspiraba a formar un hogar en el cual viera crecer a su descendencia. Este hecho tan simple, que podría parecer un hecho tan característico en la vida de todas las personas de provincia, originó en realidad, una de las familias más recordadas de la tradición artística de nuestro país.

De dicha unión, celebrada allá por 1908, nacería su primogénita María del Rosario; posteriormente verían la luz, Ángel, Pedro, María Carmela, María Concepción y José Delfino. Pedro

Infante Cruz nació el 18 de noviembre de 1917, a las dos y media de la madrugada, en el domicilio ubicado en la calle Constitución número 88, en Mazatlán, Sinaloa.

Existe a la fecha, y como casi en todos los episodios cruciales de su vida, controversia con relación al lugar de nacimiento. Algunos afirman que sucedió en la calle Camichín número 508; sin embargo, como lo aclara su biógrafo José Ernesto Infante Quintanilla:

> [...] quince días después del nacimiento, la familia Infante Cruz se cambia de domicilio, a la calle de Camichín número 508, ahora calle Carbajal. Durante los primeros días de diciembre se registró al recién nacido poniendo la dirección antes citada, por lo que algunas personas consideran que ahí nació el ídolo de México.[1]

El matrimonio bautizó al bebé en el ritual católico, el 29 de diciembre de 1917. Para ellos, la religión siempre significó un aspecto importante en la vida, por considerarla una forma de educar a sus hijos en los buenos valores humanos. Esa era la realidad del pueblo, una verdad secundada por los designios de Dios.

A mediados de 1919, don Delfino emprendió una suerte de éxodo al tomar la decisión de llevar a los suyos a Guasave, en busca de mejorar las condiciones de vida ante una situación económica no muy próspera y, hasta cierto punto, amenazante. La familia crecía y era necesario buscar un empleo que diera lo necesario para la manutención. Su corazonada había funcionado circunstancialmente, el patriarca deambulaba en empleos ocasionales relacionados a la música.

Seis años más tarde, en 1925, se mudan nuevamente. Guamúchil era desde entonces un pueblo enigmático, acogedor.

---

1.   INFANTE Quintanilla, José Ernesto, *Pedro Infante, el máximo ídolo de México*, Editorial Castillo, Monterrey Nuevo León, 1992, p.5.

Actualmente goza de gran popularidad entre los visitantes. «Por estas calles vivió Pedro Infante», suelen decir con orgullo. Los ancianos se jactan de haberle tratado. Solo el pasado lo sabe a ciencia cierta. Abundan cientos de historias y leyendas en torno al personaje. Que si era muy listo para la rayuela, que si desde niño siempre tuvo plena conciencia de que sería artista, que por igual ya era muy enamorado y cantaba muy bien. En fin, quizá todo sea producto de la imaginación popular. Lo cierto, es que cada anécdota da la bienvenida entre sus calles.

En ese pueblito, nacieron María del Consuelo, María del Refugio y María del Socorro. Ahí, Pedro vivió su infancia y adolescencia. No resulta extraño que lo considerara su verdadera cuna por atesorar en él grandes vivencias al lado de sus amigos, con quienes se divertía en el juego del tacón, el trompo, el yoyo, las canicas y los paseos en bicicleta. De hecho, la evocación nostálgica de Guamúchil como su autentica raíz quedaría manifestada años después en su película *Gitana tenías que ser*. Tal vez fue su peculiar forma de homenajear a la tierra de sus entrañables recuerdos.

Para el jefe de la familia Infante, era difícil mantener una parentela numerosa. Su trabajo, como músico y otras actividades eventuales, no representaba una garantía de estabilidad financiera. Don Delfino se veía con frecuencia en la necesidad de ausentarse cada vez más tiempo de casa. Cuando no se encontraba dando clases de música en alguna escuela, vocación inquebrantable que le distinguía, viajaba con algunas orquestas que contrataban sus servicios. Él fue, sin duda, la influencia musical de Pedro, su primer contacto con el arte que más tarde habría de consagrarlo en el espectáculo.

Ciertas semblanzas periodísticas tras su muerte, así como el argumento de la película *La vida de Pedro Infante,* que protagonizó su hermano Ángel, muestran al pequeño preocupado por la situación económica de los suyos. Notemos cómo la vida de Pedro se convertía desde entonces en una especie de prédica de los valores de humildad, respeto, fraternidad, cariño y lealtad. En esa cinta se muestra obediente y amoroso con su madre quien, por cierto, también llevaba la responsabilidad del ingreso en sus hombros. Para obtener dinero extra durante la larga ausencia de su cónyuge, Doña Refugio desempeñaba trabajos de costura y aprovechaba al mismo tiempo la tela que le sobraba para confeccionar la ropa de sus hijos. Esta actividad pronto le dio el reconocimiento de las vecinas, que le encargaban pedidos urgentes: un uniforme de escuela, un traje de niño para su Primera Comunión… Pedro, convencido de este sacrificio, la ayudaba aunque fuera con el pedal de la máquina, activándolo con las manos, para permitirle descansar los pies.

A los ocho años de edad, aquel niño inquieto inició la educación primaria. La escuela no sería muy estimada por él. Se dice que estudió solamente hasta el cuarto año, debido a que era el lapso reglamentario en aquella región. Como haya sido, las consecuencias fueron claras. En algunas cartas que dirigió años más tarde a su esposa María Luisa León, publicadas por ella en el libro *Pedro Infante en la intimidad conmigo,* se advierte una ortografía mala. Él la ponía al tanto de lo sucedido en las giras que realizaba por Sudamérica en 1956, en un claro intento por apaciguar su ira ante el conflicto legal que sostenían por la nulidad de su matrimonio. En esas narraciones aparece un Pedro juguetón, una especie de niño que bromea al describir las cosas. Aunque prevalece la suspicacia de un hombre asombrado por el éxito y el cariño que le profesa la gente en cada una de sus presentaciones, asoma también el ser fatigado, débil, agobiado seguramente por la diabetes que lo llevaba a cancelar algunos compromisos.

Sin embargo, la pregunta sigue en el aire: ¿Por qué solo cuatro años de educación primaria, si se especula que ya existía el plan que todos conocemos en aquella región? El mismo actor declaró en una entrevista:

«Yo no pude estudiar porque jamás tuve tiempo de ir a la escuela. Siendo aún niño tuve que enfrentarme a la vida, por lo tanto no poseo un lenguaje florido.»[2]

Quizá se habría referido a los estudios de secundaria y bachillerato, pues existen testimonios que comprueban su paso por las aulas. Precisamente, el libro de Carlos R. Hubbard, *Cuentos de mi Rosario*, afirma que cursó estudios en la escuela Benito Juárez, cuando el director de dicha institución era el profesor Julio Hernández. Sus maestras fueron Agripina Ramírez y Angelita Otañez. Otras versiones indican que los dos años iniciales de primaria los estudió en Rosario, y el tercero y cuarto, en Guamúchil. Algunas más apuntan su estancia únicamente en la escuela Benito Juárez, pero bajo la tutela del profesor Miguel Ontiveros.

Pedro obtuvo su primer empleo formal en la *Casa Melchor* de Guamúchil, empresa de tradición que se dedicaba a vender implementos agrícolas. Las responsabilidades que le fueron asignadas al chico consistieron en recibir recados, desempeñar labores de limpieza y realizar distintos encargos, en una jornada de seis horas con un salario de quince pesos mensuales. Gracias a su dedicación y honestidad fue ascendido al puesto de general en jefe de mandaderos. Permaneció ahí unos cuantos meses, hasta que decidió aprender otro oficio que le permitiera ganar más dinero, pues aunque se sentía a gusto en ese trabajo, llevaba muy en serio la responsabilidad de ayudar con los gastos a su madre y ofrecer así un mejor bienestar a sus hermanos. Don Delfino, mientras tanto, continuaba con sus compromisos musicales involucrado

---

2. CASTAÑEDA, Ricardo y VELA, José Luis, *Homenaje a Pedro Infante 1957-1992*, Fábrica de discos Peerless S.A de C.V, México D.F, 1992, p.1.

en largas giras por el país, y aunque mandaba dinero a su familia, no era suficiente para satisfacer todas las necesidades.

La carpintería de don Jerónimo Bustillos fue la siguiente estación importante en la vida de Pedro Infante. No fue sencillo comprender la función de todas las herramientas y reconocer los distintos tipos de madera. Al principio se le dificultaba tomar las medidas exactas para los cortes, por lo que algunas veces desperdiciaba material. Había mucho que aprender en ese sitio de ambiente cordial y exigente. Una llamada de atención no significaba un maltrato, sino un exhorto. Superado este inconveniente, todo se le facilitaría. Pedro era inteligente, sabía adaptarse. Su sentido de la responsabilidad lo llevó a comprometerse con las fechas de entrega en los pedidos. A principio de los años treinta y como ayudante, ya dominaba los secretos del oficio. Sabía fabricar bancos, mesas y sillas resistentes. Esta actividad nunca le pareció denigrante y supo sacarle provecho hasta en sus días de gloria. Una vez convertido en figura del cine, afirmaba que él mismo se había hecho cargo del trabajo en madera para el gimnasio de su casa en Cuajimalpa, rumbo a Toluca. Periodistas y amigos del ambiente artístico se asombraban de ello y hasta se mostraban incrédulos; creían que se trataba de otra de sus acostumbradas tomaduras de pelo. En cierta ocasión, María Félix llegó a decirle que eso de la «carpinteada» era solo un recurso para ganar simpatía entre sus seguidores. Por mejor respuesta, Pedro le hizo dos sillas para llevárselas a las locaciones donde filmaban *Tizoc*.

Con Jesús Bustillos, hijo de su nuevo patrón, fabricó la primera guitarra que tuvo en las manos. Dos intentos bastaron para construir el instrumento que emitía un sonido de baja calidad, pero que le permitió tocar por vez primera algunas canciones famosas de la zona. Estuvo en la carpintería cerca de cinco años y solía decirle a su madre que era un trabajo que le llenaba de orgullo, por ser el oficio de Jesucristo.

Como la mayoría de los muchachos de esa época, solía hacerse acompañar por la tradicional «palomilla», en este caso conformada por Jesús Bustillos, Félix Quintana, Carlos R. Hubbard, El Güero Venustiano y El Güero Román.Durante este tiempo aprendió el valor de la amistad y sus días se deslizaban entre el trabajo, las reuniones en las fiestas, los paseos en bicicleta y el acercamiento a la música. No solo se empeñó en la guitarra, sino también poseía la inquietud heredada de su padre en el dominio de la batería, el violín y otros instrumentos.

Aunque era un joven que no se metía en problemas, las versiones no autorizadas de su vida aseguran que era experto en el manejo de los puños y que, por lo general, él llevaba siempre la mejor parte en los desenlaces. Se rumorea que, llevado por su inquietud y espíritu de aventura, participó en algunas funciones clandestinas de box para hacerse de algunos pesos.

El origen de un trovador

«Pedro Infante, el artista del momento». Así lo han escrito en reiteradas ocasiones los columnistas de espectáculos. La constante venta de sus discos y las entradas taquilleras para ver sus películas confirman este hecho. Sin embargo, el propio Pedro no se lo toma muy en serio. Cuando hojea con desconfianza algunos diarios, prefiere no creer demasiado [...] esas adulaciones. Sabe que en este ambiente todo se olvida con rapidez, todo puede ser una ilusión. A veces le parece estar viviendo un sueño[...]

Apenas hace ocho días, el periodista Roberto Ayala de la revista Selecciones musicales le ha interrogado con determinación:

—¿Alguna vez ha cantado por dolor de amor?

—No, nunca.

—¿Alguna vez ha cantado por decepción?

—Qué va hombre.

—¿Cuál es su canción favorita?

—En música como en mujeres todo es bonito.

—¿Quién le ha enseñado lo que sabe de guitarra?

—Nadie.

—¿Su profesor de canto?

—Nunca tuve.

—¿Ha compuesto alguna canción?

—Ninguna.

—¿De los tríos conocidos cuál le gusta más?

—Todos; hasta los más modestos.

—¿Prefiere que lo acompañe una orquesta o un grupo de mariachis?

—Mariachis, mariachis.

—¿Qué tanto sabe de música?

—Nada más lo necesario para salir adelante en mi trabajo.

Sabemos que el señor Delfino fue importante en la formación artística de Pedro. ¿Sería él su único mentor en el canto? De acuerdo con algunos datos, Félix Quintana lo aleccionó en sus primeras canciones en la guitarra. Le enseñó además la manera de afinar el instrumento a su tono de voz. La pieza favorita o de moda en ese entonces era *El Alazán y el Rocío*, tema de la inspiración de Rubén Fuentes. El Güero Venustiano lo alentó de igual modo, para que perseverara en el dominio del instrumento; le explicaba que las canciones no eran simples letras con música sino vivencias de quienes las escribían.

A la par de la instrucción musical, Pedro decidió aprender otro oficio: el de peluquero. Era necesario hacer frente a los gastos del hogar, la situación no salía del bache y cada día se tornaba difícil. El Güero Román le enseñó el arte de emparejar bien la patilla a tijera limpia. Los ingresos redituados significaron una cierta mejora financiera para la familia Infante Cruz, quien veía con orgullo y cariño la dedicación del chico por apoyarlos en lo que pudiera.

Sin embargo, la música continuaba siendo la principal obsesión de aquel muchacho. Para 1933, decidió unir fuerzas con su padre y fundó la orquesta La Rabia. Así, a sus dieciséis años trabajaba en los principales centros nocturnos de Guamúchil y Guasave. Por tocar la batería y la guitarra respectivamente, cobraba un salario de diez centavos por pieza. El destino parecía ponerse al fin de lado de Don Delfino Infante, el cual comenzó una excelente racha de trabajo. A partir de ese momento, se haría cargo de la dirección musical de la Orquesta Royal, de Luis Ibarra. En esta agrupación, Pedro siguió a su lado como baterista, pero también comenzó a tocar el violín. Se dice que él mismo lo construyó para tal compromiso, lo que sí parece exagerado.

En julio de 1934, Pedro se convirtió en padre por primera vez. Tuvo, con Guadalupe López, una niña que fue registrada con el nombre de Guadalupe Infante López. En este hecho existe una controversia interesante. Se dice que esta niña permaneció oculta de él hasta que cumplió diez años, por lo que nunca se enteró de su nacimiento. Sin embargo, José Ernesto Infante Quintanilla afirma categóricamente: «Pedro apenas contaba con diecisiete años, lo que nos ilustra cómo el cantante supo, desde temprana edad, no sólo el sostenimiento económico de él y su familia, sino también y quizá más importante, la dicha y responsabilidad de ser padre.»[1]

Así, la niña fue criada con la hermana menor de este, y fue llevada a Tijuana y a Guamúchil. En el mes de noviembre de 2002, como una exclusiva periodística, la revista de espectáculos, *TV y Novelas* presentó una entrevista con dicha primogénita. Habló de la relación con sus abuelos paternos y tíos, de los que conservaba gratos recuerdos. Además, dejó claro que nunca le había interesado el dinero ni la fama de su padre, aunque tendría derecho, porque disfrutó lo mejor de él: su amor y el reconocimiento de su familia.

---

1. INFANTE Quintanilla, José Ernesto, *Op.cit*, p.13.

En 1937, la orquesta Estrella de Culiacán solicitó los servicios de Pedro como cantante, baterista y violinista. La noticia fue recibida con alegría por la familia. Formar parte de esta asociación musical representaba un indicio de prosperidad porque era considerada una de las más reconocidas del Estado. Pedro no olvidó al hombre de quien aprendió tanto e hizo que su padre lo pudiera acompañar en calidad de bajista.

Por esta época, los Infante Cruz realizaron un nuevo viaje a Culiacán, fijando su lugar de residencia en la calle Juan Carrasco, esquina con Dos de Abril. En la capital trabó amistad con algunos amantes de la música bohemia. Dado su singular carácter y conocimientos musicales, no tuvo problemas en integrarse a su grupo. Acompañado de Ignacio Palazuelos, Bernabé Palazuelos, Manuel Quintero, entre otros, acudía a diversas fiestas para amenizar las reuniones. El grupo de amigos fue haciéndose famoso por la zona. Sus canciones y presencia se hicieron indispensables si se quería dejar un buen sabor de boca entre los invitados. Fue así como el conjunto era visto con demasiada frecuencia en los principales eventos sociales del lugar.

El farmacéutico Ismael Medina había tenido la oportunidad de escuchar a Pedro en alguna de sus presentaciones con la Orquesta Royal. La intuición natural para los negocios lo convenció de su talento, además de que también había visto en él un singular carisma. Por ello, decidió patrocinarlo en la XEBL, La Voz de Sinaloa. Como propietario de la prestigiosa farmacia La Económica, tenía el suficiente dinero para catapultar a Pedro hacia el éxito, al mismo tiempo que podía hacer publicidad de su negocio. El cantante intervendría diariamente en la estación, con un horario de dos a dos y media de la tarde, para complacer a los escuchas románticos de la localidad.

La carrera de Infante comenzaba a adquirir un matiz diferente. A partir de ahí sus aspiraciones artísticas iban a ser tomadas en serio, incluso por sus propios familiares.

El 30 de mayo de 1937fue otra de las fechas cruciales de su vida. Por medio de algunas recomendaciones, fue contratado con la orquesta para amenizar una fiesta de bautismo. Ahí conoció a quien más tarde habría de convertirse en su primera esposa: María Luisa León. Esa noche, llevado por una rara fascinación, le dedicó la interpretación de algunas piezas. Por eso, en la opinión de algunos asistentes, aquello fue un amor a primera vista, nada malo para un hombre con grandes ambiciones y una vida por delante.

Pero, como en la historia de Pedro Infante todo tiene tintes cambiantes, debido al tamaño de la leyenda; otras versiones señalan que el primer encuentro de ambos personajes se dio cuando un novio de María Luisa, un comerciante español de apellido Llamosas, contrató a Pedro para llevarle serenata.

Lo cierto es que entre ellos nació un romance que tuvo sus primeras dificultades con la familia Infante, porque no aprobaban la relación.

Al parecer esta fue la razón por la que Pedro y su amante decidieron irse de Culiacán. María Luisa lo explicó así: «En nuestro ambiente no era posible ocultar un amor que no tenía límites ni prejuicios. Una tarde Pedro me dijo resueltamente —"Tenemos que irnos, María Luisa, tú sabes que mis medios no nos permiten casarnos aquí, lo que gano no me alcanzaría para sostenerte, nos iremos a México".»[2]

Aunque no podemos olvidar que el factor decisivo para abandonar Culiacán fue la incontenible determinación por hacerse de un nombre en la capital del país: Para ello fue necesario que lo convencieran algunas amistades, maestros de música y escuela, incluso la misma María Luisa para tomar esta decisión. [3]

2. GARCÍA, Gustavo, *No me parezco a nadie (La vida de Pedro Infante)*, Clío, Singapur, 1994, Tomo I, p.22.
3. INFANTE Quintanilla, José Ernesto, *Op.cit*, p.15.

DIFICULTADES EN BUSCA DEL EXITO

La pareja había decidido iniciar una nueva etapa en la vida y probar suerte en la capital del país. El viaje lo hicieron por separado, para no despertar sospechas en sus respectivas familias. María Luisa León fue la primera en llegar a la Ciudad de México, en el mes de mayo de 1939. Pedro le dio instrucciones para que se pusiera en contacto con su hermano Ángel, el cual por entonces trabajaba en la Secretaría de Comunicaciones y Obras Públicas. Él podría ayudarla mientras las cosas volvían a la tranquilidad.

Sin embargo, María Luisa encontró alojo temporal en casa de una amiga suya y pasó algunos días en el domicilio ubicado en la calle Artículo número 123, lugar en donde más tarde su compañero la alcanzaría.

—¿Qué dijiste en tu casa para venir? —le preguntó María Luisa.

—Pues lo más sencillo, que buscaría a mi hermano Ángel para que me ayudara a encontrar trabajo. Pobrecita, mi mamá me entregó setenta pesos, todo lo que tenía.[1]

---

1. GARCÍA, Gustavo, *Op.cit*, p.22.

De esta manera, ambos decidieron rentar, por dieciocho pesos mensuales, un cuarto bastante maltrecho con apenas el espacio suficiente para acomodar algunos muebles, en la calle de Ayuntamiento número 41. La única ventaja era su ubicación, ya que se encontraba muy cerca de la estación de radio XEW. La vivienda ofrecía un ambiente deplorable, pues incluso una plaga de ratas les hacía compañía. Fueron diversas situaciones adversas las que tuvo que enfrentar la pareja durante esas primeras semanas. Infante buscaba la manera de abrirse camino, anhelaba una oportunidad para darse a conocer en el medio artístico profesional. Haberse probado en su natal Sinaloa con éxito, le daba la confianza para arriesgarse. Aunque el negocio de los espectáculos en la urbe era muy diferente, se atenía a sus enseñanzas musicales e intervenciones radiofónicas donde ya había demostrado que no idealizaba un absurdo.

Dicho optimismo se iba por tierra con cada rechazo laboral, cuando comprobaba que aquí, su nombre no era conocido y su voz no convencía a los productores. Las personas que le habían animado a la aventura tal vez no tuvieron en cuenta las condiciones tan precarias con las que debía enfrentarse:

«Llegué con grandes ilusiones a la capital, y me encontré con un panorama distinto al que me habían pintado. Muchas veces estuve alimentándome únicamente con un poco de café aguado y un taco de sal.»[2]

En sus memorias, María Luisa aseguraba que comían una sola vez por día en el café *La Florencia,* ubicado entre las calles de Ayuntamiento y El buen tono. Con apenas cincuenta centavos, su menú consistía en arroz, sopa aguada, guisado, café y plátanos con crema. Sin el menor asomo de rencor, como si reseñara una historia previamente establecida por el destino,

---

2. CASTAÑEDA Ricardo y VELA José Luis, *Pedro Infante 1917-1957, Op.cit,* p.3.

reconocía que un amigo suyo de Sinaloa, al ver los apuros por los que atravesaban, decidió ayudarlos obsequiándoles algunos utensilios de cocina y alimentos. María Luisa fungía como soporte moral de Pedro; ella lo animaba a persistir en la persecución de su sueño. Tal vez sin ella no hubiese existido el artista que hoy conocemos.

El 19 de junio de 1939 la pareja se casó por el civil y decidieron mudarse a la calle Abraham González número 110. Posteriormente celebraron el matrimonio católico, el primero de julio del mismo año, en la Catedral Metropolitana. Ningún familiar, tanto de Pedro como de María Luisa, asistió a las respectivas ceremonias. El enojo ocasionado por su inesperada fuga seguía avergonzándolos.

Entre 1939 y 1940, Pedro conoció al ingeniero Luis Ugalde, persona sencilla con basto conocimiento del medio, que era responsable del área de sonido en la estación XEB. Él ya recordaba a un tal Infante de los programas radiofónicos de Sinaloa, pero aún así no estaba muy convencido de su talento. Debido a la insistencia de Pedro por una audición, Ugalde le presentó al director artístico Julio Morán para que le hiciera una prueba. Con cierta incredulidad, observando detenidamente al aspirante, le exigió como pieza de fogueo, *Consentida*, tema de la inspiración de Alfredo Núñez Barbón. Infante hubiese preferido otro tema, alguno de los que había memorizado en compañía de su esposa, pero no exigía nada ante tal oportunidad.

Para su mala suerte, Pedro sufrió una crisis nerviosa. Su respiración era rápida, las manos le temblaron sin saber qué hacer con ellas, dónde esconderlas. La voz se le quebró para perdérsele en murmullos apenas audibles en el micrófono. Avergonzado, vencido, ofreció una disculpa, que en realidad era dirigida a María Luisa, quien había confiado en él desde el principio y se había jugado su posición con toda esta aventura. Este descalabro le enseñaría a Pedro que necesitaba aprender mucho. ¿Dónde estaba la experiencia en la radio? ¿Dónde los conocimientos de música enseñados por su padre? ¿Acaso no había cantado ya en diversas ocasiones? A pesar de este duro golpe, no todo fue malo.

Convencidos de que le habían presionado demasiado, teniendo en cuenta las circunstancias de su aventurado viaje y, lo más importante, que tal vez la selección no era la adecuada para su registro, acordaron programarle, siete días después, una nueva sesión. *Nocturnal*, de Sabre Marroquín y Mújica, fue la canción elegida.

La voz de aquel joven provinciano convenció por fin al exigente Morán, el cual, con otra perspectiva y mirándolo fijamente, le extendió un contrato. Fue este su primer triunfo. *Nocturnal*, por obvias razones, se convertiría en una de las interpretaciones favoritas de Pedro Infante.

Su debut fue en el estudio José Iturbe a lado del pianista Ernesto Belloc, quien realizaba el acompañamiento principal de todos los números musicales. Por la interpretación de boleros tres veces a la semana, se le asignó un pago de dos pesos por emisión. Luego de un tiempo, dada su aceptación entre el público, participó diariamente. En dicho cambio de programación fue trasladado al teatro-estudio *Juventino Rosas*, acompañado esta vez por la orquesta de Joaquín Pardavé. Sin saberlo, años más tarde, ya como actor, iba a compartir con él créditos en la película *El mil amores*, junto a la actriz Rosita Quintana. Sus ingresos se incrementaron a tres pesos por emisión.

Por estas fechas aprovechó su racha de buena suerte y decidió concursar en *La Hora de los Aficionados*, en el Teatro Colonial. Los últimos pasos favorables en su vida artística lo motivaron a preparar con anticipación la interpretación de *Vereda Tropical*. El destino estaba trazado. Obtuvo el anhelado primer lugar ante la mirada orgullosa de su esposa y los aplausos de la gente que abarrotaba el local. El premio fue un traje de charro, tal vez como augurio de la faceta por la que sería inmortalizado. Los encargados de entregárselo fueron los Kíkaros y Palillo. Pedro recordaría más tarde las palabras del cómico: «Me hizo la profecía de que tenía para largo en el camino de la música.»[3]

Era el momento de festejar esta primera cadena de logros, aunque por su mente también deambulaban las escenas de los tropiezos y descalabros. Hay que añadir que realmente nunca dejaron de acompañarle ni si quiera en la cúspide de su carrera.

Algo que hirió su dignidad, aunque nunca se caracterizó por ser rencoroso, fue el rechazo de la XEW. Entonces, el director musical Amado C. Guzmán, en una actitud bastante cruel y digna de acabar con la carrera de cualquiera, le aconsejó que debería regresar mejor a sus labores de carpintero en su natal Sinaloa.

Con el tiempo, Julio Morán llegó a convertirse en confidente de Pedro; siempre estuvo al tanto de estos incidentes.. Como su amigo, le hizo recomendaciones precisas para mejorar su técnica y registro vocal. Estas indicaciones fueron obedecidas por el intérprete, que se dejaba guiar cual manso cordero. Además, con la ayuda de Ernesto Belloc, las posibilidades de triunfo no se veían muy lejanas. Por ello es imposible reconocer a un solo hacedor del ídolo, como aparece en otros escritos.

---

3. CASTAÑEDA, Ricardo y VELA José Luis, *Homenaje a Pedro Infante 1957-1992*, *Op.cit*, p.2.

Comienzan las oportunidades

En agosto de 1939, Pedro Infante tuvo su primer contacto con la industria que lo iba a consagrar en el gusto popular: el cine. Por medio de un contacto en la B Grande, pudo participar en un corto titulado *En un burro, tres baturros*. Esta producción corrió a cargo de José Benavides *Jr*, involucrado por primera vez en un proyecto semejante. Los protagonistas del filme eran Sara García, Carlos Orellana y Joaquín Pardavé. Pedro apareció en la cinta con una actitud olvidada, totalmente desapercibida. El cortometraje fue realizado en los estudios México, ubicados en la calle Montes de Oca número 117, en la colonia Condesa. Algunos de los biógrafos de Pedro Infante no tienen en cuenta esta participación, y aseguran que su primera intervención en las pantallas fue en la película *Puedes irte de mí*.

Septiembre del mismo año marcó su segunda intervención en el cine, en otro corto: la dramatización de la canción del maestro Agustín Lara, *El organillero*. Pedro fue requerido para esta producción precisamente porque no era una figura conocida en el ambiente. La idea de los productores era la de «fabricar» un número que sirviera de intermedio en las funciones de cine para hacer más amena la proyección de las, entonces, cintas taquilleras. Sin embargo, para el actor provinciano dichas experiencias determinaron su gusto por la pantalla y la necesidad de desarrollar profesionalmente esta faceta.

Una nueva oportunidad le llegó de manos de José Benavides *Jr*, en *Puedes irte de mí*. Rodada en 1940, apareció dirigiendo una orquesta en el centro nocturno *Los Cocoteros*, ubicado en la colonia Roma. En escena aparece la cantante Rosa María. Se sabe que en la producción también intervino Luis Manríquez, y que entre los extras había una de las figuras que después iba a ser muy conocida: Luis Aguilar.

Mientras tanto en la B Grande, Pedro se consolidaba como cantante y el público se familiarizaba con su voz en cada transmisión. En 1941, el periodista deportivo Julio Sotelo, famoso por sus crónicas de box y que además era representante de artistas, obtuvo un contrato para el intérprete como *crooner* en la orquesta del centro nocturno *Waikikí*, ubicado en paseo de la Reforma número 11.

Para cumplir con este compromiso, Pedro necesitaba con urgencia un esmoquin. La mayoría de los biógrafos coinciden en que hubo tres personas que en un momento dado pudieron habérselo facilitado, entre ellos, el ingeniero Luis Ugalde, el compositor Rafael Hernández y el director de la banda de Huipanguillo, Francisco Hernández. Sin embargo Pedro afirmó tiempo después:

Mi principal problema estaba en la falta de ropa, no tenía para comprar un *smoking* que es lo adecuado en estas actuaciones, pero con diez pesos diarios no se podía comprar, y fue nuevamente el ingeniero Ugalde, precisamente el que ahora graba mi voz en los estudios de la fábrica de discos Peerless, y a quien yo tenía especial confianza, quien al platicarle la situación me prestó el suyo de inmediato.[1]

La racha de trabajo iba en aumento. Enrique Serna Martínez, presidente del Consejo Nacional de la Industria de la Radiodifusión, lo contrató para que actuara en Tampico, Tamaulipas. Pedro emprendió el viaje en compañía de su esposa y debutó en el Teatro-Estudio de la Ciudad con el tema *Incertidumbre*. Tuvo un salario de veinte pesos diarios, gastos pagados de hospedaje y alimentación. Los nervios ya no eran su característica más notoria. La experiencia recogida en la B, le había dado una confianza estable. Debido al éxito, su contrato se extendió para otro mes. Aquí comenzaba su estabilidad financiera, ya era el momento de alejarse de la pobreza y la marginación experimentadas a su llegada a la ciudad. De regreso, el matrimonio cambió de domicilio: Ernesto Púgibet número 74-bis, cuya renta se estimaba en veintisiete pesos mensuales.

En su nuevo domicilio pronto conocieron a sus nuevos vecinos, entre los que estaba Alfonso Rodríguez, que trabajaba como mesero en el *Salón Maya* en el hotel Reforma, sitio de moda por aquella época debido a la gran variedad de artistas que presentaba en sus veladas. Pedro, deseoso de obtener más reconocimiento, le comentó que deseba conocer a Alberto Pani, dueño del prestigiado lugar y promotor de estrellas nacientes. Rodríguez aceptó de inmediato y lo condujo con el presentador Ignacio Corral. El plan consistía primero en anunciarle como

1. CASTAÑEDA, Ricardo y VELA José Luis, *Homenaje a Pedro Infante 1957-1992*, *Op.cit*, p.4.

nuevo artista que por casualidad se encontraba presente en la audiencia. Entonces, lo invitaría al escenario para interpretar algún número que llamara la atención del empresario. Fue hasta la segunda ocasión cuando Pedro consiguió su objetivo, aunque no fue según lo pactado.

Esa noche, el señor Pani terminaba de cenar rápido, pues estaba algo cansado y a punto de retirarse. Necesitaba descansar bien, a la mañana siguiente tendría que viajar a Monterrey para entrevistarse con unos empresarios. Según la anécdota, en aquel instante una persona del público pidió la canción *El amor de mi Bohío*. Curiosamente, Fernando y Mapy Cortés, artistas de esa noche, no conocían bien la letra. Pedro supo que era su oportunidad. Sin esperar el pactado anuncio, salió de entre las sombras y corrió hacia el micrófono que, literalmente, arrebató a la pareja. Saludó al público ante el asombro de Mapy Cortés y comenzó su interpretación.

Alberto Pani, a unos pasos de la puerta de salida, escuchó aquella voz. Con asombro, regresó a su lugar para descubrir de quién se trataba. Satisfecho por la actuación, le extendió en exclusiva un contrato de cien pesos diarios en el *Tap Room*. Eso, ni en alguna película de Pedro Infante, pudo haber salido mejor.

Ya en 1942, el naciente artista tenía un trabajo estable en la B y las presentaciones en el hotel Reforma. Con esta excelente racha, decidió regresar al *Waikikí*. Su vida laboral esta vez avanzaba viento en popa y volvió a mudarse, ahora a Reforma número 35-5.

Su sed por obtener el triunfo definitivo le permitió realizar una audición en la disquera RCA Víctor, para grabar un acetato de prueba. Motivado por los últimos sucesos de su carrera artística, interpretó dos creaciones de Mario Ruiz Suárez, el danzón *Guajirita* y el bolero tropical *Te estoy queriendo*. El director musical de la empresa, el señor Mauricio Rivera Conde, consideró que la voz de Pedro era insuficiente para su catálogo de estrellas, así que, sorpresivamente, lo rechazó. ¿Alguien podría creerlo? Ni el propio Pedro. La humillación, lejos de matar sus aspiraciones, aumentó su determinación por incursionar en el mundo de los discos. Curiosamente, la empresa BMG ha puesto a la venta esas dos canciones junto a otras del catálogo de Peerless, en un disco que conmemora los cincuenta años de la desaparición física del cantante. Como son consideradas interpretaciones inéditas, es lógico suponer que ya tienen un valor inestimable.

En junio de 1942, los productores Eduardo Quevedo y Luis Manrique, tenían entre manos un proyecto cinematográfico llamado *La feria de las flores*. Se encontraban preocupados porque no encontraban al actor secundario de la historia. Por este motivo acudieron al prestigioso salón *Tap Room*, pues sabían que en ese lugar actuaban figuras nacientes que podrían interesarse en el trabajo. Para poder realizar una selección adecuada del candidato, los acompañó el maestro Manuel Esperón, quien anteriormente había trabajado con Jorge Negrete en los arreglos musicales de sus películas. Esa noche presenciaron una actuación de Pedro. La impresión del músico fue la siguiente:

«¿Qué es esto?» Me vino este pensamiento porque el joven intérprete tenía una voz de chivo, vibratona, cabretina como le llamamos en el argot musical. Además desafinaba porque siempre tendía a irse tonos arriba. Después lo observé detenidamente y le encontré puntos a su favor; tenía posibilidades el muchacho.[2]

---

2. CORTÉS Reséndiz, Roberto y TORRE Gutiérrez, Wilbert, *Pedro Infante, el hombre de las tempestades*, La Prensa S.A de C.V, México D.F, 1992, pp.161, 162.

Al terminar su número se entrevistaron con él y le explicaron los pormenores de la película. Pedro se mostraba dudoso, hasta cierto punto escéptico, porque los empresarios buscaban un cantante de ranchero y él sólo había interpretado boleros. Lograron convencerlo ante los beneficios de cultivar una carrera en el cine. De esta manera iniciaron el proyecto.

«Tras agotadoras sesiones de trabajo, la voz de Pedro fue mejorando, porque cabe señalarlo, el señor era muy disciplinado y empeñoso, por lo que en unos meses su voz era afinada y ya tenía conocimientos para modularla.»[3]

La feria de las flores se rodó en locaciones cercanas a la Ciudad de México. Se basó en un argumento de Rafael M. Saavedra y en los papeles principales aparecían el impulsivo Antonio Badú, Pedro Infante y María Luisa Zea. Este fue el primer largometraje de la carrera de Pedro Infante. Por desgracia, las cosas no fueron tan fáciles, ya que le costó mucho adaptarse a las exigencias de su papel. Su acento norteño se ganó diversas burlas por parte de sus compañeros.

Antonio Badú dedicó una semana a imitar y parodiar el indomable acento norteño de Pedro, enfatizando los matices nasales. Badú era un poco más alto que Pedro. Sin embargo, una mañana en que apareció Badú con ganas de seguir la broma, Pedro lo saludó con un puñetazo que mandó a la estrella a varios metros de distancia por culpa del aserrín que había en el piso del foro.[4]

Este hecho, lejos de lo imaginable, marcó el nacimiento de una amistad entrañable entre ambos hombres. A Badú le agradó el carácter del sinaloense y su valentía, su don de persona sencilla y podría decirse, su inocencia.

---

3. *Íbidem*, p.162.
4. GARCÍA, Gustavo, *Op.cit*, p.32.

Pedro Infante dejaba así los cortometrajes en los que ofrecía poco lucimiento, pero que sin duda le fueron de gran ayuda para infiltrarse en la industria fílmica. En *La feria de las flores* vemos a un actor de nula experiencia pero con cierta determinación. Su papel es secundario y su intervención dista de aquel actor en el que más tarde, gracias a la ayuda de los Rodríguez en especial de Ismael, se convertiría.

La historia está basada en el popular corrido de *Valentín Mancera*, un héroe que gracias a su valentía y honor hace frente a las calamidades ocasionadas por la intriga y la traición. Antonio Badú encarnará a dicho personaje, un actor que superaba en experiencia a Infante. Artísticamente, este hombre fue su amuleto de la buena suerte.

En el transcurso de ese año y bajo la dirección de René Cardona, llegaría a participar en otra película: *Jesusita en Chihuahua*. El propio Cardona actuó en el papel principal junto a Susana Guizar. Es una historia de corte ranchero que aborda las posturas del machismo y el feminismo en una cultura de tradiciones muy rígidas, ambientada en los problemas partidistas de una sociedad algo frenética. Como en la mayoría de las películas en las que Pedro interviene, el amor será la principal solución de los conflictos de una pareja.

Pedro Infante realiza una actuación un tanto exagerada. Su afán por agradar definitivamente al público, lo lleva a incurrir en errores notables en pantalla. Sin duda alguna, lo más enriquecedor para Pedro fue mantener contacto permanente con el famoso director, el cual lo enseñó a comportarse de manera natural ante la cámara y a vencer la timidez.

Existía sin embargo, un inconveniente. Recordemos que en Sinaloa, Pedro solo cursó estudios primarios hasta el cuarto periodo, por ello le era difícil la lectura de los diálogos. Según Gustavo García, en una entrevista realizada por la señora Talina

Fernández en Radio Red, el 11 de diciembre de 2001, se sabe que Pedro Infante apenas leía y que solo le encantaba leer historietas con las cuales se entretenía en sus ratos libres. En este sentido, María Luisa se sentaba frente a su esposo para leerle en voz alta las letras de las canciones y los guiones de sus cintas.

Concluida su participación en la película, inició una gira por Estados Unidos. El escenario escogido para su presentación fue el Auditorium de San Antonio, Texas. La intérprete María Luisa Zea lo acompañó en ese viaje y ambos lograron obtener aceptación considerable. Para Enrique Serna, encargado de organizar dicha presentación, el resultado certifica el talento natural y la calidad del naciente artista, características que habían sido desperdiciadas por otros empresarios.

En cambio, un hecho suscitado en su siguiente proyecto, *La razón de la culpa*, le enseñaría a Infante que aún le faltaba mucho por aprender en el negocio del cine. Esta película, filmada a partir del 4 de noviembre de 1942, contaba las peripecias de un inmigrante español ataviado con trajes de buen corte; mostrándonos de este modo a un Infante muy europeo. Debido al inevitable acento norteño del intérprete, el personaje resultó un desastre. La productora tuvo que doblar la voz en la edición final. El encargado de esta tarea fue Alejandro Cobo, aunque también se menciona al narrador Alberto Galán. Tal situación representó un golpe demasiado fuerte para la autoestima de Pedro; llegó a considerar seriamente que no había nacido para figurar en el cine. Una vez más, su ángel de la guarda, María Luisa, lo disuadió. En Pedro bastaba un fracaso, una zancada de la vida para hacerle retroceder y dudar de sí.

La razón de la culpa es una de las cintas que, por razones obvias, no se transmite actualmente en televisión. No causa sorpresa que el público muestre amnesia de la misma en el momento de evocar sus películas preferidas.

En 1943, Carlos Orellana deseaba demostrar a lo grande su talento en el negocio del cine. En una situación poco usual para la época, escribió, dirigió y actúo en la película *Arriba las mujeres*. Bajo la producción de los hermanos Rodríguez, la historia comenzó a filmarse en el mes de febrero en los estudios México. El reparto lo integraban Consuelo Guerrero de Luna, Virginia Zuri, Amparo Morillo y Antonio Badú Pedro desempeñó un rol secundario, y a pesar de que era la segunda vez que alternaba con Badú, aún llevaba la espina clavada por su tropiezo en *La razón de la culpa*.

La historia fue dirigida por los hermanos Rodríguez y fue la primera vez que el joven sinaloense trabajó con ellos. Este material, que tenía una duración de noventa y dos minutos, está catalogado como una comedia agradable que abordó un tema de bastante polémica social.

Los Rodríguez se percataron de la capacidad que poseía Infante, pero aún no se decidían a arriesgar su naciente prestigio como productores en un novato. En esta historia en la que las mujeres liberan una batalla política, veremos a un Pedro con intuición en escena, aunque no la suficiente como para dar pelea a las figuras estelares.

En la cinta nos muestran (a) un grupo de mujeres protestando con energía, su deseo es el de poseer los mismos derechos del hombre y para lograr su objetivo crean una liga feminista; la cual de momento les da buenos resultados, ya que vemos a unos borregos... Perdón, maridos o novios de ellas, realizando quehaceres domésticos y sujetos a su voluntad. Cuánto caos crean, ¿qué pedían igualdad o sumisión?, menos mal que esto finaliza con el arrepentimiento y obediencia de ellas.[5]

5. MEJIA Ramírez, Gonzalo, *Lo que no se ha dicho de Pedro Infante*, MSM Editores, México D.F, 1995, pp. 133, 134.

Quizá el humorismo que aparece en esta producción pudo en su tiempo haber modificado un poco el pensamiento del público e intentó ser una invitación para romper con las estructuras sólidas del machismo. *Arriba las mujeres* representa por igual una historia salpicada con matices de reproche, burla y humor en un intento por ridiculizar al macho mexicano.

En marzo del mismo año llegó otra nueva propuesta a sus manos: *Cuando habla el corazón*. En este trabajo de Ernesto Cortazar, participaron María Luisa Zea, Víctor Manuel Mendoza y en el papel estelar, por primera vez, Pedro Infante. La producción corrió a cargo de Rosas Priego y Fallón; la dirección contó con la supervisión de Juan José Segura; los arreglos musicales, por Manuel Esperón, Ernesto Cortázar y Pepe Guizar. Un buen trabajo de equipo, aunque el resultado fue poco previsto.

Cuando habla el corazón se estrenó el 21 de octubre de 1943 en el cine Iris, con cierto apoyo de la prensa. Es interesante destacar que estuvo un solo día en cartelera y no se volvió a exhibir. Algunos biógrafos, como José Ernesto Infante Quintanilla en su libro *Pedro Infante, el máximo ídolo de México*, asegura que en esta cinta le fue doblada nuevamente la voz a Pedro, por Jesús Valero. Es completamente falso. En la película se escucha la voz original del actor, aun en las escenas de canto. Recordemos que Pedro tenía problemas con su acento norteño y precisamente, esta película trata la vida de un personaje con dichas características. Se ha intentando promocionar la película en la televisión, como si se tratara de su primer largometraje. Tampoco ese dato es correcto. A la cinta, con una duración de aproximadamente noventa y cinco minutos, originalmente se la quiso *El norteño*; con ese título fue conocida en algunos cines de la República Mexicana ese año del estreno.

La historia presenta a dos personajes en su etapa de infancia (Cruz y Miguel) quienes son puestos a prueba para demostrar su hombría al tener que cazar un animal con tan solo una carga en sus rifles. Por una falla, Miguel (Infante) falla su disparo y comprende que su familia le reprochará su ineptitud. Cruz comprende la pena de su amigo y le cede su tiro. Con el transcurso de los años Miguel Infante se vuelve un mujeriego y a través de su astucia logra conquistar a Ana María, la hermana de Cruz (Mendoza). Ella queda embarazada y tiempo después muere. Cruz descubre la verdad y decide acabar con la vida de quien consideraba su hermano. Se enfrascan en un duelo en el que al final se presenta la misma situación de la infancia en aquella prueba de cacería, solo que ahora, Miguel cede su bala a Cruz. A pesar de todo, este no se atreve a disparar contra el amigo de toda su vida. El valor, el amor y la hermandad son temas principales en esta cinta.

Confundido por los resultados de la exhibición, Infante veía que sus planes de figurar en grande como los ya consagrados de la industria se esfumaban. Ciertamente, sus actuaciones no lograban impresionar al público que hasta entonces lo había escuchado por la radio con sus boleros y que ya comenzaba a detenerle en la calle para pedirle autógrafos.

Bien dicen que las tragedias nunca vienen solas. Para aumentar su ya tan mala racha, tuvo otra experiencia dolorosa. El director y argumentista Aurelio Robles Castillo tenía listo el guión de la segunda parte de la película *¡Ay Jalisco no te rajes!*, que ya había sido un éxito con Jorge Negrete. Entusiasmado, presentó el proyecto al Charro Cantor, que sorpresivamente y sin demasiadas explicaciones, lo rechazó. Se dice que esto fue porque no le quisieron pagar los tres mil pesos que exigía. Salvador Pérez Gómez, el personaje que dos años atrás había generado enormes ganancias en taquilla, quedó en el aire sin tener quien lo encarnara. Sin mayor opción, el estelar llegó a Pedro, que lo aceptó de inmediato sin importarle la paga de mil quinientos pesos. Fue un error.

Las grabaciones iniciaron el 12 de abril de 1943, en los estudios Azteca. Desde el principio se buscaba lograr el impacto de *¡Ay Jalisco no te rajes!* El equipo técnico contaba con los mejores elementos: producción de Jalisco filmes S.A., fotografía de Jack Draper, escenografía de Ramón Rodríguez Granada y música de Armando Rosales y Chucho Monge. Se contrataron los créditos de Margarita Mora, Nohemí Beltrán, Ángel Garaza, Antonio Bravo y Arturo Soto Rangel.

Sin embargo, algo no marchaba bien. La experiencia de Robles Castillo para dirigir era nula. No había un entendimiento pleno en el foro, así que la casa productora nombró como ayudante a Jaime L. Contreras. Además, el también escritor Juan José Ortega impuso una gran cantidad de cambios en el guión con el pretexto de reestructurar la historia, pues desde su óptica, los personajes no convencían en la interpretación.

Pedro visitó a Manuel Esperón con el propósito de que lo ayudara con los números musicales. Ya tenía confianza con él desde su relación en *La feria de las flores,* así que se pusieron a charlar sobre el proyecto. Se estrenó el 28 de septiembre en el cine Teresa con gran expectación. No convencía a cuadro, parecía la caricatura de un charro extraído de una sátira campirana. No cuajaba como galán y le hacía falta la gallardía de Jorge Negrete. El fiasco total quedó de manifiesto en una escena en la que el personaje tenía que conmover al público hasta las lágrimas. Era una escena triste. El resultado fue todo lo contrario, una lluvia de carcajadas inundó la sala. Pedro Infante, quien se presentó al estreno de incógnito, sintió un bochorno indescriptible. ¿Existía peor humillación para un actor?

Definitivamente atravesaba una etapa de tropiezos en su incursión por el cine. Supo lo que significaba la palabra fracaso, y esto le produjo una honda tristeza y depresión. Para intentar olvidar lo sucedido, hizo maletas y emprendió una nueva gira por territorio estadounidense. Lo acompañó María Luisa, su cuñado Chuy y el trío Janitzio. Esta vez no consiguió el éxito de su anterior presentación, aunque tampoco fue una calamidad. El viaje lo realizó sin apoyo de ningún empresario, por lo que no hubo promoción de las presentaciones.

Pedro estaba decidido a mejorar y corregir sus fallas. A lado de su compañera, comprendió que los baches en los que había caído eran reflejo de su inexperiencia y que necesitaba ganar tablas en el oficio. Los hermanos Rodríguez tenían confianza en él, y le hicieron partícipe de su nueva producción: *Mexicanos al grito de guerra*. La historia de amor de Joselito Rodríguez estaba ambientada en el periodo histórico de la intervención francesa y el nacimiento de nuestro Himno Nacional. Pedro interpretó al teniente Luis Sandoval y su compañera de reparto Lina Montes, a Esther Dubois. Ambos fueron el eje de la historia, cuyos resultados se estimaron favorables. El estreno cumplió con su objetivo primordial: la cinta logró llamar la atención del público. Los críticos reconocieron que se trataba de una producción interesante y que superaba con creces a *El ametralladora*. Algunas dificultades casi impiden su exhibición, porque según el decreto emitido por el presidente Manuel Ávila Camacho en mayo de 1943, estipulaba la prohibición de lucrar con las cintas de carácter histórico y, por ende, educativas, en especial las referidas al Himno Nacional.

Pedro aceptaría ante la prensa: «Los hermanos Rodríguez son los que me dieron el impulso definitivo en el terreno cinematográfico, pues tomaron como suya mi propia causa y maravillosamente se empeñaron en darme nombre y dinero.»[6]

En septiembre de 1943comenzó el rodaje de *Viva mi desgracia*. Roberto Rodríguez escribió una historia de aventuras

6.   GARCÍA, Gustavo, *Op.cit*, p.36.

rancheras en las que Ramón Pineda ponía de cabeza a un pueblo con su personalidad irrespetuosa e impulsiva, provocada por La animosa, una bebida muy peculiar capaz de transformar a un hombre tranquilo en una auténtica maquinaria de parranda e insolencia. A la cabeza de los estelares se colocaron Pedro Infante y María Antonieta Pons. El mismo Rodríguez dirigió la cinta y contó con los servicios de Ezequiel Carrasco en la fotografía y con los arreglos musicales de Manuel Esperón.

De nueva cuenta Infante incursionaba con el maestro más prestigiado de la época. Solo un músico de su categoría podría realizar un trabajo único, acorde a las exigencias de la productora Rodríguez, misma que ya asomaba como una empresa con la que no era sencillo competir. Los primeros ensayos tuvieron lugar en la sala de los estudios Azteca. Un trabajo muy arduo, muy complicado, del cual dependía el éxito de la filmación.

Esperón tenía todo listo: se trataba de un vals acompañado por música de orquesta, incluyendo marimba, mariachi y coros. También mandó llamar al trío de Las Conchitas y al de Los hermanos Samperio.

La llegada de Pedro se programó para las once de la mañana, aunque no esperaba toparse con semejante escenario. Al ver toda aquella maquinaria musical, titubeó y optó por abandonar el foro de ensayo, de la misma manera a lo que le había ocurrido en su primera audición radiofónica. De inmediato Manuel Esperón lo alcanzó y le prometió buscar una solución adecuada. Canceló las actividades de ese día y se sentó al piano con Pedro para practicar el número. «Sin que él lo notara le di instrucciones al encargado del sonido para que grabara a Pedro en este ensayo, que salió perfecto. Posteriormente fue grabado, sin afectar la voz de Infante.»[7]

---

7. CASTAÑEDA Ricardo y VELA José Luis, *Pedro Infante 1917-1957*, *Op.cit*, p.6.

Fue un trabajo difícil el de la canción principal: Con el piano muy bajito y la idea de tener una grabación de su voz, luego hice una grabación del mariachi, otra de la orquesta, otra de los coros. Entonces sólo había dos pistas de sonido: voz y acompañamiento. Hice tantas pistas como fueron necesarias. Quince días de trabajo; el revelado de cada pista se llevaba tres días. Quedó perfecto.[8]

Viva mi desgracia se estrenó el 12 de febrero de 1944 en el cine Palacio Chino con buenas reseñas en la prensa especializada. Pedro comenzaba a estabilizar la balanza a su favor. Estas dos últimas películas le ayudaron a mejorar su técnica histriónica y a recobrar el optimismo en el celuloide. Además, como lo cita José Ernesto Infante Quintanilla:

Es ahí como Pedro Infante cumple una función dual: por un lado exaltar nuestros símbolos nacionales e identidad de patria; por el otro, con *Viva mi desgracia* se introduce en el alma del pueblo, (en) sus inevitables desdichas, propias de toda época que cambia aceleradamente.[9]

---

8. GARCÍA, Gustavo, *Op.cit*, p.38.
9. INFANTE Quintanilla, José Ernesto, *Op.cit*, pp.25,26.

Discos Peerless: el milagro

«El milagro de la grabación de discos fue uno de los pasos definitivos en mi carrera, porque no hay otra cosa como las grabaciones que hacen volar las canciones y se obtiene un mayor rendimiento al esfuerzo que se despliega una sola vez.»[1]

Este fue el significado que Pedro Infante dio a su carrera discográfica. Fue en el mes de octubre de 1943, cuando tuvo la oportunidad de conocer a Guillermo Knorhauser, director de discos Peerless, durante una de sus presentaciones en el *Tap Room*. En ese entonces, Knorhauser buscaba nuevos talentos para su empresa, con el propósito de consolidarla como vendedora rival de otros sellos. Después de haber escuchado al intérprete en distintas ocasiones, confiaba en que no tardaría mucho en conseguir un éxito rotundo ante el público.

Pedro firmó un contrato de exclusividad con Peerless. *Soldado Raso* y *El durazno* fueron las primeras canciones,

---

1. CASTAÑEDA, Ricardo y VELA José Luis, *Homenaje a Pedro Infante 1957-1992*. *Op.cit*, p.5.

grabadas el 29 de octubre de 1943 bajo la dirección del mismo Knorhauser; le siguieron *Ventanita de oro* y *El azotón*. Para el 5 de noviembre de ese año, procesó lo que sería su primer material discográfico. Entre los temas se incluyeron los valses *Rosalía* y *Mañana*. Una de las condiciones del contrato era el pago de quince mil pesos por canción grabada, sin derecho a exigir regalías. Dicho aspecto no representó inconveniente alguno para Pedro, pues en aquella época, un cantante promedio no cobraba demasiado y sus regalías no estaban garantizadas.

El disco sencillo con estos temas vendió unas dieciocho mil copias y las ganancias fueron íntegramente para la disquera. Sin embargo, el panorama artístico de Pedro evolucionaba. Con el paso de los años se transformó en el cantante más vendible en la historia del disco en nuestro país.

Para el festejo del tercer aniversario de la radiodifusora XEMR de Monterrey, Enrique Serna contrató a Pedro para los días 19 y 20 de enero de 1944, en el cinema Palacio, junto a Mercedes Caraza. El evento tuvo gran éxito gracias a la popularidad que le había ganado su incursión en el mercado musical. Al regreso de sus presentaciones por Monterrey, se mudó a la colonia del Valle, en la calle Xola número 805.

El 8 de mayo de 1944, marcaría el regreso de Infante al cine. Comenzaron las grabaciones de *Escándalo de estrellas*, en los estudios CLASA. Esta fue la primera vez que Ismael Rodríguez trabajó con el sinaloense. El argumento de Ramiro Gómez Kemp ofrecía una especie de parodia de la realización de una película, las situaciones características a las que se enfrentan los actores y los directores de cine, así como el dilema de un joven profesionista para escoger una forma de vida en el mundo artístico. Conocida también como *Sopa de estrellas*, esta comedia musical nos expone el papel autoritario de un padre que trata de impedir la verdadera vocación artística de su hijo. Por tal motivo Ricardo del Valle y Rosales, personaje principal, es obligado a elegir la abogacía, matando sus sueños de estrellato.

La principal característica de *Escándalo de estrellas* es la contraposición del binomio padre-hijo, que supone una crítica al autoritarismo en el seno familiar. Ismael Rodríguez tuvo demasiadas dificultades al momento de hacer este trabajo muy al estilo de las comedias norteamericanas, pues como él mismo lo reconoció, los argumentos se escribieron sobre la marcha.

Con música de Eliseo Grenet, escenografía de Carlos Toussaint y fotografía de Ross Fisher, la cinta se estrenó el 1 de diciembre del mismo año en el cine Palacio Chino. Para el propio Ismael Rodríguez el material fue un verdadero fracaso.

Hubo mucha prisa por terminar la película, que se filmó en quince días. Y nada más para que se imaginen lo mal que fue planeada, debo decirles que los parlamentos de los actores eran redactados de un día para otro; en fin hubo muchas contradicciones.[2]

En julio de ese año el intérprete grabó para su disquera solo tres números; el tema nacionalista *Mi patria es primero*, original de Lino Carrillo; *Noche plateada* y *Mi changuita*, de Esperón-Cortázar y Victoria Eugenia, respectivamente.

En 1945 María Luisa y Pedro se mudaron a una casa ubicada en Rébsament número 728, en la misma colonia del Valle. Por esos días emprendió una nueva gira por Arizona y California, en Estados Unidos. Fue precisamente en California donde Infante sufrió una recaída que lo obligó a internarse, lo cual no fue un impedimento para cancelar las presentaciones.

---

2. CORTÉS Reséndiz, Roberto y TORRE Gutiérrez, Wilbert, *Op.cit*, p.100.

Era el momento de capitalizar su aceptación. El plan de trabajo se extendió por un lapso de siete meses. Una vez concluida la gira americana, Enrique Serna lo llevó de nueva cuenta a Monterrey, donde ya era conocido. El artista acostumbraba hospedarse en hoteles representativos del Estado, entre ellos el hotel Génova y el hotel Monterrey o Ancira. El cariño del público regiomontano era evidente y afectuoso. A tal grado que en cierta ocasión en un diario de esa ciudad se publicó una caricatura en la que el cantante expresaba lo siguiente: «¡Caray!, estos de Monterrey aplauden con una sola mano.»[3]

---

3. CASTAÑEDA Ricardo y VELA José Luis, *Pedro Infante 1917-1957*, *Op.cit*, p.10.

De la mano de Ismael Rodríguez

En la Habana, Cuba, el nombre de Pedro Infante también es conocido. La gente se arremolina alrededor de Pedro Infante. Las mujeres intentan abrirse paso. Desean acariciar al ídolo, tenerlo para sí. Entre ellas, hay una abuela a quien le sobreviven apenas tres dientes y grita desesperada: «¡Pedrito, Pedrito!»

Infante la mira con cariño y se aproxima. Le planta un beso en la boca, ante el asombro y la gritería. La abuela feliz.

—¡Pedro! ¿Por qué la besaste a ella y no a las otras?—se intriga Ismael.

—Esa ancianita representa al pueblo. ¿Cómo no va a merecer un beso?

Sin saberlo, el primer acercamiento de Ismael Rodríguez con Pedro Infante fue el principio de una relación que más tarde culminaría en amistad. Fue precisamente este director de cine quien lo ayudó a pulir su talento frente a las cámaras.

Después de *Escándalo de estrellas*, la productora de los hermanos Rodríguez iniciaba los preparativos para comenzar el rodaje de *Cuando lloran los valientes*. En el guión intervinieron Luis Carmona, Arturo Manrique, Rogelio González e Ismael Rodríguez, el cual deseaba quitarse el mal sabor de boca de la película anterior.

Filmada a partir del 11 de enero de 1945, en los estudios México Films, el reparto estuvo conformado por Pedro Infante, Blanca Estela Pavón, Eduardo Casado, Rogelio A. González, Virginia Serret, Mimí Derba, Víctor Manuel Mendoza y Armando Soto Lamarina, Chicote. El destino quiso que *Cuando lloran los valientes* fuera el medio por el cual Blanca Estela, quien había debutado en 1937 en la cinta *Allá en el rancho chico*, bajo las órdenes de René Cardona, conociera al joven actor con quien más tarde compartiría no solo más películas, sino también una relación sólida de hermandad y un trágico destino.

Al mismo tiempo, Pedro grababa seis canciones: *Mi lindo Monterrey, Cuando lloran los valientes, Ramito de Azahar, Caballo blanco, Tal vez me puedan matar* y *Ranchito lindo*. Su sello se mostraba satisfecho con los resultados de sus anteriores grabaciones, por lo que necesitaba con urgencia material fresco. Había que aprovechar la proyección del cine.

El estreno de *Cuando lloran los valientes* fue en enero de 1947 en el cine Colonial y estuvo en cartelera dos semanas consecutivas con éxito. Se trataba de un melodrama folclórico en el cual se exaltaban la valentía, el amor y el honor. Una historia de intriga en la que nuevamente aparecían y contraponían los valores familiares. Agapito y José Luis se enfrentan por Cristina, sin saber que en realidad son hermanos. Ambientada en la época de los liberales y los rebeldes, el general Manuel Arteche llega al extremo de matar a su propia sangre por traición de «la causa justa del buen gobierno». Cristina es asesinada accidentalmente por su novio Agapito, cuando ella intentaba proteger la vida del general.

Por su participación en esta cinta, la Academia Mexicana de Ciencias y Artes Cinematográficas le otorgó el Ariel en 1948 a Blanca Estela Pavón, como mejor actriz femenina.

Con trabajo arduo y varios golpes de oficio, Pedro Infante lograba desenvolverse satisfactoriamente en escena, aunque aún sin la imponente imagen que luego veríamos de él. Ismael comenzaba a descubrir cualidades a su pupilo y estaba decidido a explotarlas al máximo.

En vísperas de un nuevo melodrama, Pedro continúa aprovechando el tiempo en la disquera y graba el 24 de mayo de 1946, *Vieja chismosa; No, tú no; Orgullo ranchero; Fiesta mexicana; Vuela, vuela pajarito; Será por nueva; ¿Qué pasa, mi cuate?* y *¿Qué te cuesta?*

Su siguiente incursión en la pantalla grande fue el 17 de septiembre de 1946. Se trató de un proyecto titulado *Si me han de matar mañana*. Bajo la producción de Diana S.A. y la dirección de Miguel Zacarías, la filmación se llevó a cabo en los estudios Churubusco. En esta ocasión, se contrató al fotógrafo Víctor Herrera y al escenógrafo Vicente Petit, ambos con experiencia en producciones similares. Los arreglos musicales fueron dirigidos, una vez más, por Manuel Esperón, que ya llegaba a ser casi indispensable en la industria del cine y en la carrera de Pedro. En el reparto figuraron Sofía Álvarez, Nelly Montiel, Lupe Inclán, René Cardona, Miguel Arenas, Miguel Inclán, Armando Soto Lamarina, el Chicote, y Gilberto González.

La cinta, paradójicamente, no representó la evolución deseada por el actor. La explicación más razonable fue que había pasado un año prácticamente sin actividad ante las cámaras. «Todo lo ganado por Pedro en cuanto a presencia escénica parecía haberse perdido [...] (con) su larga ausencia; [...] el desinterés de Zacarías por la película contribuyó al fracaso.[1] La participación del trío Asencio del Río, Los calaveras y el Mariachi de Silvestre Vargas, otorgaron cierto realce a la producción. Dicha comedia ranchera que se sustenta en el enredo amoroso, se desarrolla en Jalisco, lugar donde la presencia del machismo es un elemento que no puede dejarse de lado. Esta película refleja en su título el perfil en que más tarde se trataría de encasillar a Pedro Infante, pero del que logró salir a a flote gracias a la ayuda de productores que lo hicieron rotar por diversas situaciones y escenarios.

Por aquel 1946, Pedro conoció a la bailarina de flamenco, Guadalupe Torrentera de 14 años de edad, cuando ambos realizaban una temporada en el teatro Follies. Para el de Sinaloa no pasó desapercibida la belleza de aquella joven, que lo cautivó a primera vista por su gracia natural en el escenario y sus atributos físicos. Casi al año de conocerla, se quedó embarazada de él.

Para el mes de octubre, Ismael Rodríguez ya tenía entre manos un proyecto en el que confiaba plenamente. *Los tres García* era una historia que enmarcaba tres personalidades características del mexicano: el mujeriego y borracho, el presumido y déspota, y el orgulloso y tímido. Tres muchachos muy valientes y amorosos de su abuela, que representaba la autoridad matriarcal para controlarlos y encauzar sus vidas.

El equipo comenzó a filmar el 21 de octubre de 1946. Los actores que dieron vida a los personajes principales fueron Pedro Infante, Abel Salazar, Víctor Manuel Mendoza, Sara García, Marga López, Carlos Orellana, Fernando Soto, Hernán Vera y Clifford Carr.

En un principio, Pedro se mostró temeroso por tener que trabajar con figuras ya consagradas: «Oye papi, —dijo a Rodríguez—, me estás poniendo al lado de Abel Salazar, con

---

1. GARCÍA, Gustavo, *Op.cit*, p.41.

Víctor Manuel Mendoza, y lo más pesado para mí, doña Sara García, ¡me va a desaparecer!»[2]

Ismael en todo momento inyectó a su pupilo una dosis de ánimo y confianza para hacerlo sentir seguro durante el rodaje. Incluso, la primera actriz, Sara García, ante la negativa de Pedro para actuar a su lado, lo convenció luego de una extensa charla en la que le hizo la promesa de dirigirlo en caso de que no supiera desenvolverse satisfactoriamente en escena. En realidad, ella le puso el papel y le hacía indicaciones con los dedos por si llegaba a equivocarse; o bien, para dejarle en claro que lo estaba haciendo bien.

—Mire, mi hijito, vamos a hacer una cosa: imagínese que soy una principiante. Y como todas las escenas las tenemos usted y yo, ensayémoslas juntos. ¡Su papel es precioso! Criatura, ese papel lo va a colocar a usted.

—¿De veras?

— ¡De veras! ¿Lo hacemos o no? Vámonos tuteando para que haya más confianza, pues somos la abuela y el nieto, actores principales. Mira, cuando actúes bien, te haré esta señal; y cuando no, te haré esta otra. Para cualquier duda, te me acercas, me preguntas y te digo.

—¿De veras?

—¡De veras! ¡Palabra de honor! Ándele Pedro, vístase; voy a decirle a Ismael que ya va a usted a bajar.

—Bueno, pos sí pero... ¿De veras?

—¡De veras!

—¿Me lo jura?

—Por su mamá de usted, criatura y ahora júreme que baja.

—Se lo juro por mi madrecita.[3]

2. GARCÍA, Gustavo, *Op.cit*, p.48 .
3. «Sara García, La abuelita del Cine nacional», Revista *Somos*, Editorial Televisa S.A de C.V, 1 de octubre de 2000, Año 11, Número 200, p.29.

A partir de ahí, la confianza fue el ingrediente necesario para lograr una de las mejores actuaciones de Pedro Infante en un verdadero clásico del cine mexicano.

Era un hecho que después de esta película, la vida para Ismael y Pedro ya no sería la misma. En primer lugar, la idea de Rodríguez de presentar a tres personalidades básicas del mexicano en una sola producción atrajo cierta preocupación por temor a las críticas generalizadas. Además, no solo el machismo en su plenitud sería retratado en los personajes, sino también en el papel que desempeñaba el matriarcado en la estructura familiar tradicionalista de un pueblo. Así, nos encontramos con una anciana que le gusta el puro, los toros, el baile y los concursos de apuestas; actividades en las que ha incursionado a sus nietos. Estos tres personajes que encasillaban las actitudes propias de los mexicanos de la época fueron: Luis Antonio García, mujeriego, enamorado, pícaro, burlón y muy vivo; José Luis García, el orgulloso, tímido, pobre y honesto; y finalmente Luis Manuel García, el presumido, poeta, rico, adulador e hipócrita. Entre los tres primos siempre hay enemistad, mas no odio, pues en el fondo se quieren.

Astutamente, Ismael presenta en otra familia, los López, a aquellos hombres sin oficio, los que viven del robo y el asesinato, pero que ante todo son muy devotos de las costumbres católicas. Un claro ejemplo de la ignorancia. Por su parte, los García, como hombres muy machos, rivalizan por cualquier cosa: dinero, terrenos, copas e incluso llegan a disputarse a su prima, la «gringa», la «rata blanca», un calificativo que hasta la fecha llega a incomodar a nuestros vecinos del Norte, La discordia entre los viejos ancestros de los García y los López, a su vez, alimenta con deseos de venganza a los últimos descendientes de esas familias con un rencor que no los deja vivir en tranquilidad.

Con *Los tres García* se llega a un contacto más directo con el público que, lejos de incomodarse por la sátira de su contenido, se identifica plenamente con las situaciones expuestas.

Debido a que el guión era muy largo, Rodríguez tomó la decisión de realizar la segunda parte al mismo tiempo. La continuación llevaría por nombre *Vuelven los García,* y a pesar de que las críticas sugirieron un riesgo innecesario, la productora contrató a Humberto Rodríguez, Rogelio A. González y Blanca Estela Pavón, como agregados, para completar el número de personajes y darle un giro dramático a la historia.

Durante la grabación de ambas partes hubo algunas anécdotas que hicieron aún más especial este trabajo. Tal como lo recordaría años más tarde Víctor Manuel Mendoza, hubo hasta bastonazos de verdad:

Resulta que había dos bastones, uno de utilería fabricado con esponja, y otro de madera, pero doña Sara García, muy inspirada en su papel, nos pegaba con ese artefacto, y como yo era el más alto de los tres me tocaban los golpes, y al rato andaba con tremendos chichones.[4]

Al reclamar estas acciones, doña Sara se limitaba a señalar: «Mi'jito, es que siento mucho el papel y mientras mejor salgan las actuaciones será superior la película.»[5]

La parte musical de estas cintas fue escrita y dirigida por, ¿quién más?, Manuel Esperón, el cual compuso el vals *Sara García,* que se escucha en la escena de la fiesta donde Lupita desarma a sus primos, por petición del señor cura, para que no tuvieran un mortal enfrentamiento con los López. Además de dicha pieza, Esperón y Pedro de Urdimalas, escribieron un tema especial para la película: *Mi cariñito.* El compositor describe las circunstancias en que se realizó la grabación de dicha pieza:

---

4. CORTÉS Reséndiz, Roberto y TORRE Gutiérrez, Wilbert, *Op.cit,* p.140.
5. *Íbidem.*

Pedro está superinspirado. Los músicos de igual manera, cuando de pronto, el micrófono, eran enormes en aquella época, se zafó de la base y comenzó a bajar lentamente. La grabación se registraba en forma magistral, todos estaban en su mejor día, por lo que, para evitar ruidos raros al intentar detener el micrófono o suspender la maravillosa ejecución de *Mi cariñito*, el trabajo se continuó como si no ocurriera nada. No obstante [...] a muchos nos quería ganar la risa, pues el micrófono seguía bajando, Infante se fue agachando para seguir cerca del micro. Terminó acostado en el suelo, tendido boca arriba, con el micrófono despegado de su boca como tres centímetros. Al concluir se escuchó la gran ovación.[6]

En *Vuelven los García*, Ismael se mostró como pionero del cine de continuación. A pesar de que los ejecutivos argumentaban que segundas partes nunca eran buenas, Rodríguez demostró con creces lo contrario. La secuela nos alecciona sobre lo que suele hacer la venganza. Esta vez, los hijos de los López deciden acabar con la vida de los García, al enterarse de la muerte de sus seres queridos a manos de Tranquilino, empleado de sus enemigos: los García. Finalmente, mediante el sacrificio de Luis Antonio (Infante), quien se mata a tiros con León López (Rogelio A. González), el amor que nace entre Juan Simón (Blanca Estela Pavón) y Luis Manuel (Mendoza) puede concretarse. Así, una vez desaparecido el último descendiente de los López, pueden vivir en paz.

Una de las escenas más difíciles de ambas producciones fue la que muestra a la abuela en su lecho de muerte. Tal como Sara García lo recordaba:

Pedro Infante y los primos entraban a la recámara donde desfallecía la anciana, y ella comenzaba a decirles cosas dul-

6. GARCÍA, Gustavo, *Op.cit*, p.50.

ces, cosas de su propia inspiración porque no estaban en la parte del guión, y Pedro, que primeramente sentía un gran miedo por trabajar con unos señorones del cine, empezó a llorar tan dramáticamente que las lágrimas se le escurrían por la cara. Cuando terminó de rodarse la escena y gritaron «¡corte!», todos los chicos y gente que estaba en el foro empezaron a aplaudirle, cosa muy extraña porque en una película por lo general se comentan las fallas [...][7]

Como se explica en un análisis de esta cinta, Ismael Obtuvo con Los tres García uno de sus más resonantes triunfos, al contar la historia de una familia muy peculiar, en donde tres hermanos de carácter muy diferente, todos muy disparejos y competitivos, tienen por encima de su machismo, una autoridad mayor: su abuela, que es más macha y más impositiva que ellos.[8]

Los tres García y *Vuelven los García* fueron las cintas que convirtieron a Pedro Infante en el centro de atención de otros productores. Curiosamente en un principio, algunos de los actores que intervinieron en el proyecto dudaban de sus resultados. Uno de ellos, Abel Salazar, comentó:

Venía de Buenos Aires, había tenido muchos gastos. Cuando llegué a México ya estaba Ismael esperándome en el aeropuerto y me ofreció el papel. Realmente no me sentía a gusto en el traje de charro y se lo dije. Dijo, «Nom´bre te vas a ver muy bien». Entonces acepté. Y la hice realmente porque necesitaba dinero, pero le doy gracias a Dios de poder haberla hecho.[9]

7. PEREZ Medina, Edmundo, *Casos y Cosas del Cine y TV*, Mina, 1994, pág. 14.
8. «Las 100 mejores películas del cine mexicano», Revista *Somos Uno,* Editorial Eres S.A de C.V. México DF, 1994,p.93.
9. El hombre cine mexicano, 1992, Películas Rodríguez S.A. y Fábrica de discos Peerless S.A, Duración: 58'. Tipo: Blanco y negro y Color, Derechos reservados.

El tema *Mi cariñito*, debido a su arrolladora popularidad, sería grabado para la disquera Peerless el 24 de marzo de 1947; asimismo, *La motivosa, Maldita sea mi suerte, Me voy por ahí, ¡Qué gusto da!, Mi consentida, Ojitos morenos* y *El aventurero*. Al margen de esta actividad musical de Pedro, Luis Aguilar es catalogado, por los diarios, como un actor y cantante guapo, atractivo, alguien muy varonil, capaz de poder seducir a cualquier mujer. También se habla de una posible rivalidad entre Infante y Negrete, resaltando que Aguilar tenía elementos suficientes para desbancar al Charro cantor.

Los tres García y *Vuelven los García* se estrenaron simultáneamente el 15 de agosto de 1947, en el cine Colonial. El éxito fue inevitable y para Pedro representó sin dudas, el gran paso esperado por años de trabajo y sufrimiento. Se especuló en la prensa especializada que el sueldo de Infante por su participación en estas cintas, fue de mil quinientos pesos.

De igual manera existe una leyenda negra en torno a estas filmaciones. Se rumorea que durante los trabajos, una gitana se presentó en los foros y solicitó hablar urgentemente con Blanca Estela Pavón, Rogelio A. González y Pedro Infante. Intrigados, los artistas escucharon detenidamente a la mujer, cuya apariencia asemejaba más bien a la de un extra salido de alguna locación. Les dijo que los tres morirían en accidentes incendiarios. No se sabe a ciencia cierta si este pasaje fue cierto; aunque hasta se ha llegado a difundir en televisión. Blanca Estela y Pedro, como sabemos, fallecieron en percances aéreos. Supersticioso ante los hechos, Rogelio evitó los vuelos. Sin embargo, murió años más tarde al volcar su automóvil, curiosamente, envuelto en llamas.

El resto del año, Pedro lo dedicó a realizar una serie de presentaciones entre las que destacó una temporada en el Teatro

Lírico, en compañía de otros artistas. Asimismo, visitó Texas y Culiacán, lugar donde recordó viejos tiempos al reencontrarse con algunos amigos de su «palomilla». Para hacer la convivencia más especial, se dio tiempo de tocar la batería con su antigua orquesta La Estrella.

Fue precisamente en Guasave cuando pareció cumplirse la profecía. Pedro tuvo su primer accidente aéreo al intentar regresar a la capital a bordo de la avioneta que, obviamente, él mismo piloteaba. Con ese carisma que ya se le conocía, convenció a sus amigos para que con sus automóviles iluminaran la pista. Sin visibilidad alguna, el aparato salió del camino y se estrelló. Esa vez no hubo nada que lamentar; solo una herida en la barbilla.

En enero de 1947 se realizaron los preparativos para rodar simultáneamente las películas *La barca de oro* y *Soy charro de rancho grande*. Ambas, producciones de Filmadora Mexicana S.A., bajo la dirección del señor Joaquín Pardavé. Las cintas abordaron por separado guiones distintos, sin embargo, ya se aprovechaban las técnicas innovadoras de Ismael Rodríguez, de filmar dos trabajos a la vez para economizar gastos de Producción.

En *La barca de oro*, Pedro compartió créditos con Sofía Álvarez, Nelly Montiel, René Cardona, Alma Delia Fuentes, Carlos Orellana, Lilia Prado y Fernando Soto. Esta cinta llevó como nombre tentativo *El corrido de Chabela Vargas*. Se trataba de una comedia ranchera, cuya temática no iba más allá del peso del machismo y de la postura feminista de contradecir lo establecido por el hombre; una historia de amor mezclada con la rivalidad por obtener a la mujer amada.

Pese a que las actuaciones de Infante ya no eran del todo decepcionantes, no logra aparecer como en *Los tres García*.

Algunos críticos, como García Riera, llegan a calificar esta película como una pésima producción carente de un argumento inteligente.

La barca de oro, película de unos ochenta y cinco minutos, tiene como principal atractivo el tema musical, producido y dirigido por Manuel Esperón y Ernesto Cortázar.

Para *Soy charro de rancho grande*, nuevamente repitieron escena con él Sofía Álvarez, René Cardona, Lilia Prado y Fernando Soto. El veredicto por parte de la crítica fue benevolente: existía un mejor desenvolvimiento del actor desde el punto de vista interpretativo.

Las cualidades del actor pulidas por Ismael Rodríguez fueron elementos fundamentales para salvar ambas cintas. Se notó su evolución a cuadro con los recursos trazados por su director de cabecera.

Nuevamente esta comedia ranchera ofrecía a Pedro Infante la oportunidad de ser considerado con seriedad por los productores cinematográficos, aunque en verdad se trató de un truco utilizado por el director Joaquín Pardavé, al aprovechar los mismos actores de su anterior producción. El pretexto era el de aprovechar mejor el tiempo y el dinero empleados.

La película cuenta una historia ambientada en el pueblo de Rancho Grande, creación ficticia de Guz Águila. El personaje de Paco (Infante) decide probar suerte, junto a su amigo El Olote, en la capital. En la urbe atraviesa por diversas circunstancias, como la de ser fotografiado junto a la Reina de los Vaqueros después de haber ganado un concurso. De regreso a su pueblo, descubre que su prometida ha contraído matrimonio con el hombre más rico de la comarca tras haber visto dicha fotografía en los periódicos. A partir de ahí los intentos por recuperar la estabilidad emocional encierran al personaje en un dilema. Más tarde se entera de que se trata de una treta para que escarmiente su falta de seriedad hacia el compromiso.

La película rara vez se transmite por televisión; la última vez se proyectó en el Canal 9 del sistema Galavisión, a las ocho de la noche, el 4 de noviembre de 2000.

El 25 de marzo de 1948, llegó a las pantallas del cine Colonial, la que sería la cinta más taquillera de ese año y que posteriormente se transformaría en un clásico del Cine de Oro mexicano: *Nosotros los pobres.* Una historia original de Ismael Rodríguez y Pedro de Urdimalas, cuya fotografía estuvo a cargo de José Ortiz Ramos.

Al reparto se unieron Blanca Estela Pavón, Carmen Montejo, Katty Jurado, Delia Magaña, Amelia Wilelmy, María Gentil Arcos, Pedro de Urdimalas, Ricardo Camacho, Jorge Arriaga y Evita Muñoz, Chachita, la niña prodigio del cine nacional. La película fue un aplastante éxito de taquilla. Según los datos consultados en publicaciones de la época, *Nosotros los pobres* permaneció cinco semanas consecutivas en cartelera. El personaje de Pepe, el Toro, ocasionó entre el público una identificación tan estrecha, que surgió una retroalimentación casi inmediata. Para José Ernesto Infante Quintanilla, uno de los biógrafos mas importantes de Pedro Infante , Pepe es un «símbolo […] de tantos compatriotas principalmente de nuestra clase trabajadora; el éxito colosal de esta cinta se tradujo a través de los años, hasta nuestros días, en un récord.»[10]

Evita Muñoz recordaba años después la importancia de su participación en la cinta para catapultar la carrera de Pedro:

Era yo un diamante en la taquilla, pero mi madre no pedía ni peleaba mi crédito. Cuando llegó *Nosotros los pobres* con

---

10. INFANTE Quintanilla, José Ernesto, *Op.cit*, p.38.

Pedro Infante, Ismael Rodríguez le dijo que el ídolo enca-
bezaría los créditos y después yo, porque quería impulsarlo.
Fueron discusiones interminables. Finalmente se coordina-
ron y, en toda la publicidad, van nuestros nombres cruza-
dos. Ahí sí cedió mi mamá. Pero ahora, al paso de los años
he aprendido que si vas a ceder en los créditos, debes pedir
una remuneración económica [...] Para entonces había
ganado yo más experiencia como actriz, ya tenía la calidad
puesta como corona. El mismo Ismael Rodríguez siempre
me ponía como ejemplo; decía: «Fíjate cómo hace Eva esto,
cómo hace lo otro.»[11]

Sin duda, es la película protagonizada por Pedro Infante más
vista en México y, por ende, la más evocada, gracias al argumento
de Ismael Rodríguez y Pedro de Urdimalas, aunado al desempeño
de los actores en escena. Es un material clásico del cine mexicano.
Una historia que expone los problemas por los que atraviesa un
hombre de buenos principios morales, un ser honesto, trabajador,
padre cariñoso y entrañable amigo. Fue en este sentido en el que
Pepe el Toro se transformó en el ídolo a seguir de las clases populares de nuestro país, el prototipo de lo que todo hombre desea
ser y del que toda mujer desea enamorarse.

Pepe es el sinónimo de cada mexicano que carga con la ola
de injusticias que un sistema político y social ofrece a los más
desprotegidos del país. Una temática exagerada ciertamente en
sus principales puntos esenciales, pero que antes de que Ismael
decidiera incorporar esta idea en las pantallas de cine, apenas se
había tocado.

Rodríguez se encargó de explotar al máximo las penurias de
los pobres, no solo en el rubro económico sino en el espiritual:

---

11. «Evita Muñoz, Chachita, Niña prodigio del cine mexicano», Revista *Somos*, Edi
torial Televisa S.A de C.V., 1 de julio de 2002, Año 13, No.221, pp. 23-25.

Ismael se va hasta las últimas consecuencias en su retrato de pintoresquismo de barriada, en su composición de personajes populares, todo con un tinte y un brochazo exagerado que, curiosamente, funciona [...] Aunque Pedro Infante ya era un ídolo popular, *Nosotros los pobres* lo convirtió en leyenda, en familiar del público; antes era un simple amigo del espectador, esta película lo transformó en pariente.[12]

Después de filmar *Nosotros los pobres*, Pedro pudo comprar con sus ahorros una casa en Sierra Vista número 169, y trajo a su familia desde Sinaloa para que se estableciera de manera definitiva en la capital. Con este panorama, el director René Cardona dirigió para producciones Diana S.A., la comedia ranchera *Cartas marcadas*. Pedro Infante compartió escena una vez más con la actriz Marga López, Armando Soto Lamarina, Alejandro Ciangherotti y René Cardona, *Jr*. Su estreno tuvo lugar el 25 de marzo de 1948 y obtuvo una aceptación discreta.

En esta comedia ranchera, la disposición de una herencia transforma la vida de dos jóvenes: Victoria y Manuel, que tienen el deber de contraer matrimonio o, de lo contrario, no podrá hacerse entrega de lo dispuesto en el documento firmado por Doña Camila. El principal problema radica en que ninguno de los dos quiere casarse, pues desde el primer momento el choque de personalidades se hace presente en la antipatía. Los intentos por lograr un acercamiento slo consiguen agravar la situación. Finalmente, por cosas del destino, el amor aparece en el corazón de los muchachos, quienes deciden huir, contando con la complicidad del padre de la joven, Don Manuel (René Cardona). Luce la buena actuación de Marga López y de Pedro Infante, más desenvuelto y confiado a cuadro.

---

12. «Las 100 mejores películas del cine mexicano», *Op. cit.*, p. 46.

El éxito de *Nosotros los pobres* ya representaba un rival difícil de vencer, una sombra que estorbaba a nuevas producciones, incluso a las del propio actor. Pero Ismael Rodríguez no se amedrentaba tan fácilmente. En cuanto tuvo en mente su próxima película citó a la naciente estrella en su productora para comentarle los pormenores del proyecto: protagonizaría la vida de los trillizos Andrade, hombres originarios de la región huasteca, con oficios y profesiones muy peculiares, que por causa del destino, tienen que separarse para volverse a reencontrar en la adultez. La clave del éxito sería el rostro triplicado de Pedro en escena. Con ello, Ismael pretendía demostrar que el cine de México tenía elementos para competir en el extranjero.

Infante digirió la idea con entusiasmo y con algo de escepticismo, aunque confiaba plenamente en las capacidades artísticas de su director. No tenía por qué desconfiar de quien le había dado el gran papel de su vida.

Fue de esta manera como *Los tres huastecos* trajo consigo una maraña de líos en cuanto a la creación de efectos especiales. El equipo técnico se mortificó ante la duda. Nunca se había rodado nada semejante; existía una clara posibilidad de fracaso. Las posibles críticas de la prensa, el escándalo y el desprestigio que tendrían que enfrentar si algo salía mal, eran incalculables. De por sí, con su anterior éxito ya se encontraba bajo sospecha de crear historias ficticias e incongruentes.

A mediados de febrero de 1948 comenzaron los preparativos en los estudios Tepeyac. Ismael, en busca de un consejo, platicó con Sol Polito, especialista en efectos visuales, el cual había realizado un efecto parecido con Bette Davis en la cinta *A Stolen Life* (*Vida robada.*)

Me dijo:

—Me costó mucho trabajo, ¿qué clase de impresora tienen?

—No, pues ninguna.

—¿No tienen impresora? Bueno, ¿*back projection*?

—No, todavía no tenemos.

—¡Uy! No.

Y me explicó la escena donde Davis va por la calle platicando con ella misma. Se hizo con *back projection*: se toma primero a Davis hablando al vacío, luego se proyecta eso y se coloca a la actriz en el hueco, caminando, y se ve natural.

—¿No tienen?

—No, no tenemos.

—Entonces no se puede.

Yo sólo pensaba en el ridículo que iba a hacer. Ya había anunciado que la película era así.

—Bueno. Recuerdo El *hijo del sheick* Valentino hacía dos personajes, papá e hijo. ¿Cómo le hicieron?

—¡Ah, con la técnica antigua! Pero ya no se usa.

Me la explicó, que era a base de mascarillas bloqueando la imagen.

—¿Y si lo intento?

— Señor Rodríguez, le saldrá con dos, con tres quién sabe.

Regresé a México con los dibujitos que me hizo. Llegué a los estudios. Cargué mi cámara, llamé al conserje y le dije:

—Aquí te pones con este abrigo, luego aquí te pones sin abrigo y con una botella y en la otra vas a andar con la panza de fuera. Y se supone que se van a pelear los tres diciéndose de cosas. ¿Y los otros?

—No te fijes.

Puse mis mascarillas, una y otra y otra. Como fui laboratorista, me metí a revelar aquello, y que va saliendo. Fui con los de efectos especiales, les dije cómo se hacía. Hice la película, y todo perfecto, no hubo *retakes*, nada. Salieron los tres personajes. Fue dificilísimo.[13]

---

13. GARCÍA, Gustavo, *No me parezco a nadie (La vida de Pedro Infante)*, Clío, Singapur, 1994, Tomo II, pp., 8-9.

Ángel Infante y Jesús Aguirre sirvieron como dobles para filmar las escenas. Con las famosas máscaras se logró el efecto deseado. De esta manera, un sacerdote, un supuesto bandido y un comandante del ejército, lucían el rostro de Pedro Infante al mismo tiempo. Estos efectos especiales fueron los primeros que se utilizaron de forma satisfactoria en una producción mexicana. Lograron cautivar al público y llenar las salas. Nació de esa forma otra de las cintas emblemáticas del actor. Un verdadero clásico que, hasta nuestros días, nos muestra el talento del sinaloense y el de su verdadero padre cinematográfico.

En la historia, el capitán Víctor Andrade recibe la orden de arrestar al temible asesino apodado el Coyote, el cual se especula que es su hermano Lorenzo, un jugador de moral laxa y propietario de una cantina. Los rezos del tercer hermano, el sacerdote Juan de Dios, parecen inútiles para lograr una solución al problema. La historia destaca la importancia de los lazos sanguíneos y el amor de familia sobre todas las cosas. Además, como ya había sucedido en *Los tres García,* se muestran tres distintas personalidades: el macho desenfrenado, seducido por las ganancias económicas; el hombre de Dios, religioso y devoto, pendiente del arrepentimiento del pecador; y finalmente, el caballero y gallardo hombre de ejército, de formación disciplinada.

En cuanto a las características de esta película, Ismael señalaba: Yo quiero demostrar que la técnica cinematográfica mexicana no está tan atrasada como se dice. *Los tres huastecos* es una historia con tres galanes hechos por un mismo actor Tres divertidos y humanos personajes que aman, sufren, ríen, lloran, se dan la mano, se abrazan, se persiguen, se tocan la cara, se la golpean y aunque parezca increíble cantan a una, dos y tres voces.[14]

---

14. *El hombre cine mexicano, Op. cit.*

Por su parte, Pedro Infante comentaba sobre estas caracterizaciones:

Son tres papeles estelares y completamente distintos. El primer personaje de los Andrade es Lorenzo, un renegado de los mil demonios. El capitán Víctor Andrade es enamorado, valiente, cantador y muy bueno para el vacilón. El personaje más difícil pero que hice con más cariño fue Juan de Dios.[15]

La curiosidad del público, pero sobre todo de la prensa calificada, provocó una excelente asistencia al estreno de la cinta, el 5 de agosto de 1948. El hecho de poder ver a «tres Infantes» en acción, era más de lo que podían imaginar los admiradores del ídolo.

Su nuevo trabajo, abordó una trama emotiva en la que se cuestionaba el racismo y la hipocresía de la sociedad capitalina. Comenzó a filmarse el 31 de mayo de 1948 y llevaba como título *Angelitos Negros.* En la historia, escrita por Joselito Rodríguez, la actriz Emilia Guiú , dio vida a Ana Luisa, personaje que lejos de ser catalogado como villano, era un ser lleno de prejuicios con respecto al estereotipo racial; por su parte, Pedro Infante, como José Carlos Ruiz, era el hombre comprensivo, tierno y noble.

La trama es enredada El actor José Carlos contrae matrimonio con Ana Luisa, dama de la alta sociedad, cuyas verdaderas raíces raciales ella misma desconoce. Su apatía y despotismo por las personas negras hace de su carácter un ser amargado. Después de un tiempo de casados, la pareja tiene una niña de color. Ana Luisa cree erróneamente que el causante de esa «desgracia» es su marido. Llena de odio, repudia a su hija, sin saber que la causante es ella, pues su madre a quien creía muerta, es en realidad la sirvienta negra.

---

15.   Peerless S.A, Duración:58'. Tipo: Blanco y negro y Color, Derechos reservados.

El argumento de la película surgió de una experiencia personal de Pedro. (En) una ocasión él estaba en el aeropuerto y vio a un matrimonio que traía consigo a una niña negrita y ellos eran blancos, así que la curiosidad llevó a Pedro hasta ellos para preguntarles: «¿es su hijita?», a lo que contestaron «sí señor, y ahorita mismo nos vamos de aquí porque nuestras familias no nos quieren con esta hijita negra.»[16]

Sin duda a la gente le gustaba este tipo de caracterizaciones en donde su creciente estrella reluciera como un ser humano de grandes virtudes: estandarte ceñido con creces desde *Nosotros los pobres* que, por cierto, aún continuaba siendo el filme consentido por el público.

Podemos decir que 1948 fue el año de mayor actividad discográfica para Pedro. Su voz dio vida a otros dieciséis temas, entre los cuales destacan: *Cartas marcadas, La barca de oro, Por ahí por ahí, Dios sí existe, Jorge Negrete, Mi suerte es chaparra, El vacilón, La traidora, Mi adoración* y *La borrachita*.

Ese mismo año, el viernes 9 de julio, se presentó en el Palacio de los Deportes en Torreón, Coahuila, en uno de sus conciertos masivos más importantes. El impacto de su actuación ocasionó disturbios a las afueras del hotel en donde permaneció. La Avenida Juárez se aglomeró haciendo el tráfico imposible.

Al comprobar la popularidad de Pepe, el Toro, se grabó la continuación de la cinta a mediados de julio de 1948. *Ustedes los ricos* reuniría a los actores de la primera parte: Blanca Estela Pavón, Delia Magaña, Evita Muñoz, Amelia Wilelmi, Pedro de Urdimalas, Ricardo Camacho y Jorge Arriaga. Se anexarían a la

---

16. *Íbidem.*

lista Nelly Montiel, Mimí Derba, Fernando Soto, Juan Pulido y Fredy Fernández.

El tema *Amorcito Corazón,* escrito por Manuel Esperón y Urdimalas, fue el favorito de los enamorados. Pese a que este ya se había interpretado en *Nosotros los pobres*, no fue sino hasta la secuela cuando comenzó a popularizarse. Debido a su aceptación, Pedro lo grabó para su disquera el 23 de abril de 1949, con acompañamiento de mariachi; fue liberado en la radio el 15 de mayo del mismo año. Con esta interpretación, nació oficialmente el bolero ranchero.

Ismael Rodríguez recuerda la escena que más trabajo le costó filmar con Pedro en esta película:

«Fuimos al *set*. Le puse tres cámaras. La transición es que repara en el pelo del niño, algo así, y entonces se acuerda del niño, de sus travesuras y al verlo llora.»[17]

Palabra, que dolía el corazón, pero no podía cortar la escena. Me dije: «Tengo dos cámaras, a ver qué pasa». Y él seguía, seguía y seguía hasta que me di cuenta (de) que sufría de verdad muchísimo. Y yo también, igual que todos; así es que pedí el corte. Lo que hizo Pedro fue correr detrás de los páneles (sic) y se puso a llorar y llorar. Todo el mundo deseaba verlo y pedía que lo trajeran. Al rato él mismo salió: «¿Estuvo bien verdad?» Y los muchachos soltaron un enorme aplauso.[18]

En la segunda parte de *Nosotros los pobres* se exponen una vez más las desgracias y calamidades que afligen el hogar de Pepe, el Toro. El verdadero padre de Chachita se acerca a ella para suplicarle que vaya a vivir a su lado. Le ofrece dinero, riquezas y los lujos que no logran hacerla dudar del amor que siente por sus amigos y la siempre fiel «palomilla » de amigos

---

17. PEREZ Medina, Edmundo, *Op.cit*, p.14.
18. GARCÍA, Gustavo, *No me parezco a nadie (La vida de Pedro Infante),* Tomo II, *Op.cit,* p.10.

quienes la han visto crecer. Sin embargo, los ricos amenazan con encarcelar a Pepe, si no les devuelve a la menor. Por si fuera poco, Pepe tiene que soportar la muerte de su primogénito, quien perece envuelto en las llamas en un incendio provocado por El Ledo, aquel delincuente que logró salir de la cárcel para poder vengarse del carpintero.

El mensaje genérico de *Ustedes los ricos,* es el de demostrar que las clases acomodadas podrán gozar de todos los bienes materiales, pero que carecen de lo más importante: el amor, la paz y sinceridad que hay en las humildes.

Un melodrama ciertamente exagerado por la forma de tratar su contenido, pero que en su momento resaltó la imagen del pobre y el necesitado. Gracias a estos trabajos, Pedro era muy querido entre su público y hasta la fecha esa es la imagen más fresca que se tiene de él.

Roberto Rodríguez optó por dirigir *Dicen que soy mujeriego,* película en la que Pedro alternó con Silvia Derbez, Sara García, María Eugenia Llamas, La Tucita, Rodolfo Landa, Fernando Soto, Juan Pulido y Virginia Romana, entre otros. Se filmó a partir del 30 de septiembre de 1948, en los estudios Tepeyac, y se estrenó el 14 de abril de 1949, en el cine Ópera. En realidad, la cinta parecía un capítulo extraviado de *Los tres García*, pues la actuación de Pedro, como la del resto del elenco, es exactamente la misma. La única variante de la historia es la supuesta enemistad de unos jóvenes, que deben vencer el orgullo para reconocer su amor, toda vez que un tercero en discordia intenta separarlos. Un idilio ranchero que vuelve a depositar la sabiduría de la vida en la figura de una abuela sobreprotectora y muy macha, que sabe de tabaco, tequila, armas de fuego y fiesta. Después de su intervención en esta película, Pedro realizó giras por el extranjero y no reapareció en escena hasta mediados de marzo del año siguiente.

En noviembre, el periodista de espectáculos Vicente Vila publicó con referencia al Día de Muertos una calavera para Pedro:

Voló niño aún Infante
Prendan a su nombre velas
pues quiso, de mal talante
y la matona colgante,
morir con todo y espuelas.
¡Cómo te verás chaparro
de ángel con traje de charro!

En enero de 1949, Pedro va de gira a Venezuela por un lapso de tres meses. Debido a su popularidad, era muy solicitado por los empresarios y era el momento de aprovechar que su simpatía y natural carisma subían como la espuma la venta de discos. Mientras tanto en México, su hija Graciela enfermó de poliomielitis y, tras una penosa convalecencia en el hospital Infantil, falleció el día 20 de ese mes. A su regreso, Infante lamentó amargamente no haber estado ahí. Se dice que visitaba diariamente la tumba de su pequeña, como si tuviera remordimiento.

La mancuerna Infante-Derbez había funcionado tan bien en taquilla, que Roberto Rodríguez los unió de nueva cuenta en *El seminarista*, rodada a partir del 17 del marzo de 1949 y basada en el argumento de Paulino Masip, donde se hizo reflexionar al público sobre el dilema de un joven consagrado a Dios y su deseo por amar a una muchacha. Lo acompaña su entrañable amigo Fernando Soto, en el papel de un chico tímido, atraído por la belleza del mundo, sin tinte de malicia y con un amor y fe inquebrantable por Dios. María Eugenia Llamas, La Tucita, interpretó a una de tantas niñas huérfanas del convento que reciben lecciones de música por parte del seminarista: un Infante sin bigote y con traje negro.

La vida profesional de Pedro se consolidaba en cada cinta; sus caracterizaciones y comportamiento frente a la cámara indicaban ya la esperada evolución y disciplina de todo actor con renombre; su trabajo convencía a la gente y comenzaba a incursionar con primeras figuras. Ni qué decir de sus discos, que se vendían muy bien y sonaban constantemente en las sinfonolas pueblerinas. El 23 de abril grabó más canciones: *Perdón no pido, Adiós mis chorreadas, Sus ojitos*, la ya mencionada *Amorcito corazón, Serenata, El As de espadas* y *La desentendida*.

En el ambiente fílmico, Blanca Estela Pavón reaparece a su lado en *La mujer que yo perdí*. Roberto Rodríguez, convencido por la selección de su elenco estelar, donde figuran Silvia Pinal, Manuel R. Ojeda y Eduardo Arozamena, inició la filmación a partir del 28 de abril de 1949. Esta producción tendría un doble significado en la vida del actor.

A mediados de ese mes, el trabajo se desarrollaba de manera tranquila y ordenada, sin contratiempos. Confiado por esta situación, Pedro solicitó a la productora un descanso, el cual fue concedido sin demasiadas dificultades; la película avanzaba y no le faltaba mucho para concluir.

Ansioso por pilotear su nueva avioneta Cessna bimotor, decidió viajar en compañía de Lupita Torrentera hacia Acapulco. El 22 de mayo de 1949, emprendieron el regreso a las ocho y media de la mañana. Se tienen reportes de que a las dos de la tarde, perdieron la orientación al atravesar un banco de nubes. Algunas versiones señalan que la brújula del aparato no servía y que se produjo una fuga de combustible. El pánico se apoderó de ellos.

La avioneta intentó un aterrizaje forzoso en las afueras de Zitácuaro, Michoacán. El resultado de esta travesía fue un aparatoso accidente que le produjo a Pedro una herida en el rostro con cierta exposición de masa encefálica. La doble fractura ósea de la cabeza abarcó desde la parte media de la frente, hasta la zona superior de la oreja izquierda. Solo la gran fortaleza física de Pedro hizo que pudiera salir del aparato para prestar los primeros auxilios a su acompañante, quien sólo había sufrido algunos golpes y que sangraba por la nariz. Los medios especializados aseguran que tuvo la entereza de caminar para pedir auxilio, llevándose la mano a la herida frontal.

Una vez trasladados a la Ciudad de México por Agustín León Rosas, cuñado del cantante, fueron hospitalizados en la Clínica Central, ubicada en Avenida Insurgentes, esquina con Medellín. El 24 de mayo, Pedro fue sometido a una intervención quirúrgica que duró más de tres horas, a cargo del doctor José Gaxiola y el neurocirujano Miguel Velasco Suárez, auxiliados por el anestesiólogo, doctor Martín Maquivar.

La noticia se dio a conocer en los medios informativos y la presencia de Guadalupe Torrentera, a quien habían mantenido en una habitación diferente del hospital para evitar inútilmente murmuraciones, ocasionó un escándalo en la prensa. Se especuló una posible relación amorosa. Debido al accidente, Pedro no pudo cumplir sus compromisos laborales, entre ellos, la continuación del rodaje y una presentación en la plaza de toros de Guadalajara. Lo sustituyó la actriz y cantante Libertad Lamarque, la cual ofreció una disculpa al público durante su actuación en nombre del artista.

Sin embargo, e independientemente del éxito de la intervención quirúrgica, quedaron secuelas en Pedro. Para empezar, una cicatriz visible en la frente, debido a que no quedó hueso entre la piel y el cerebro; se puede apreciar en películas como *La oveja negra*, *No desearás la mujer de tu hijo*, ATM y *¿Qué te ha dado esa mujer?* Además, comenzó a padecer frecuentes dolores de cabeza que en ocasiones lo hacían perder el equilibrio o la audición.

No del todo recuperado, concluyó la filmación de *La mujer que yo perdí*, pues a pesar de las recomendaciones médicas que lo forzaban a un largo descanso, el proyecto se había retrasado considerablemente y esto le angustiaba. El título selló de manera profética el destino de Blanca Estela Pavón: fue la última vez que trabajó con Pedro Infante en la pantalla. Moriría meses después, paradójicamente, en un accidente aéreo.

El binomio alcanzó la madurez como artistas y logró conseguir un entendimiento casi inmediato en el ámbito escénico. Las producciones que contaron con sus nombres en los créditos estelares, fueron de las más exitosas como, por ejemplo, este melodrama campirano con tintes de amor, persecución y violencia. Un hombre asesina a otro en defensa de su pareja, pero durante el desarrollo de los hechos, conoce a otra mujer que le descubre sus verdaderos sentimientos. Cuando están a punto de escapar, una bala enemiga mata a su nueva compañera. Esta situación arroja como único resultado la frustración y la desolación de quien no se resigna a permanecer solo.

Ismael Rodríguez le presentó el guión de las películas *La oveja negra* y *No desearás la mujer de tu hijo*. Un nuevo reto dual que lo obligó a superarse.

Tendría que compartir créditos, ni más ni menos, con don Fernando Soler; de manera que le comentó a Rodríguez: «Oye, mi papel es un hueso. Toda la fuerza la tiene el personaje de Fernando Soler, y yo soy nada más víctima: Sí apá, no apá». — «En el fondo —respondía Rodríguez—este personaje, que sí es un hueso, tiene una fuerza que no sospechas, pero que vas a proyectar»[19]

Fernando Soler, por su parte, aceptó el último tratamiento del guión, aunque las complicaciones comenzaron cuando comenzó a pactarse el sueldo:

---

19. MEYER, Eugenia, *Testimonios para la historia del Cine en México*, Cineteca Nacional, México D.F, 1976, p.130.

—No, no, es muy poco. Mira, perdóname, pero [...] (a ti)
—alegó Soler—trabajando conmigo, te voy a dar prestigio,
¿sí o no?

—Sí —contestó Ismael—, pero [...] (a ti), trabajando conmigo, te voy a dar taquilla.[20]

Finalmente, llegaron a un acuerdo, convencidos del beneficio mutuo que suponía la unión de créditos estelares. Sin
embargo, algo ensombrecería el buen ambiente del rodaje.
Pedro recibió una sobrecogedora noticia: su entrañable pareja
cinematográfica, Blanca Estela Pavón, había muerto en un accidente aéreo. El 26 de septiembre de 1949, la nave procedente
de Tapachula, Chiapas, con matrícula XA-DUH, de la empresa
Mexicana de Aviación, se estrelló en el Pico del Fraile, en el vol-
cán Popocatépetl. La hora en la que se registró el siniestro fue
alrededor de la una de la tarde.

Los restos del bimotor Douglas DC-3 se localizaron en la
zona conocida como Los Arenales, a veinticinco kilómetros entre Atlautla y Ecatizinge. Entre las personas que perecieron en el
accidente se encontraban, además de los tres pilotos, Francisco
B. Pavón, padre de la artista; el dirigente de la Comisión Nacional del Maíz, el licenciado Gabriel Ramos Millán; el historiador
Salvador Toscazo; los periodistas Luis Bouchot de *El Nacional* y
Francisco Mayo de *El popular*.

Pedro Infante y José Ángel Espinosa, Ferrusquilla, enca-
bezaron el equipo encargado de la búsqueda y traslado de los
restos de Blanca Estela a la capital. Algunos medios especializados daban rienda suelta a los rumores de la supuesta relación
amorosa que existió entre la pareja cinematográfica. Hasta hoy,
muchos de sus biógrafos y admiradores la desmienten.

---

20. GARCÍA, Gustavo, *No me parezco a nadie (La vida de Pedro Infante)*, Tomo II,
     Op.cit, p.17.

Los guías descubrieron el cadáver de Blanca Estela Pavón, logrando ser reconocido por su cabello rubio y otros detalles. En una de las manos se le encontró un anillo de brillantes y otro con una incrustación de alejandrina; su cuerpo quedó a treinta metros del avión presentando ligeras quemaduras, las piernas rotas y la cabeza desecha.[21]

De hecho, Blanca Estela no debió haber abordado ese vuelo. Quizá como advertencia del destino ya no encontró boletos disponibles. Aquí también existen distintas versiones de la forma en que se apropió de ellos. La más conocida, que logró convencer a una pareja de recién casados para que le cedieran sus pasajes, al explicarles el apuro en el que se encontraba porque tenía que cumplir esa misma noche con una actuación en el sorteo de la Lotería Nacional. Sin embargo, algunos diarios de la época hablaban de otro escenario; que la artista se había comprometido a cantar en un programa de la estación radiofónica XEX y ante su emergencia, habló con el actor Miguel Torruco, el cual finalmente le facilitó los pasajes, porque tenía influencias en esa línea aérea.

El impacto de la muerte de su compañera cinematográfica y amiga, provocó en Pedro una profunda depresión que lo deshizo anímicamente. La tristeza perduró aun después del sepelio en el Panteón Jardín. Lloraba amargamente por el fatídico destino de la joven y no lo podía aceptar. Pocas veces se le vio tan abatido.

Nacida el 21 de febrero de 1926, la actriz ya era reconocida por sus logros en la industria fílmica. Ganadora del premio Ariel, por su actuación en *Cuando lloran los valientes*, había incursionado con éxito en el doblaje de cintas norteamericanas para importantes compañías como la Metro Goldwyn Mayer, sello en el que prestó su voz a la actriz Ingrid Bergman. En 1948,

---

21. GARCÍA, Gustavo, *Íbidem.* p.18.

había grabado para la RCA Víctor un solo disco de temas románticos y folclóricos que registró buenas ventas. La entrañable amistad que la unió a Pedro Infante quedó evidenciada cuando este le envió un ramo de flores blancas al término de la filmación de su última cinta, *Ladronzuela*. Ya tenía ofertas de trabajo en exclusiva con Ismael Rodríguez: intervendría en el rodaje de *La Juana Lola, Ni ricos ni pobres* y posiblemente en *Sobre las olas*. Esta promesa del cine nacional tenía veintitrés años cuando murió. Con motivo de su muerte, los días 29 y 30 de septiembre de ese año, fueron suspendidas las actividades en los estudios de grabación en señal de luto.

No del todo repuesto por el duro golpe anímico, el 7 de octubre, Pedro acudió a una sesión en la Peerless, de donde lo habían llamado con urgencia. Habían pasado ya cinco meses sin material nuevo y la gente estaba ávida de discos. Grabó entonces: *Tú sólo tú; Dos arbolitos; María, María; Con el tiempo y un ganchito; Otra copa compadre; ¿Qué será lo que tengo?; Que siga la bola* y *Mala suerte*.

Trece días después, se estrenó *La mujer que yo perdí* en el cine Orfeón. Aunque se había pensado que se llamara *Lo que no pudo ser*, la trágica desaparición de la artista cambió los planes.

Sin embargo, la industria del cine continuaba en marcha; *La oveja negra* se estrenó el 24 de diciembre en el cine Orfeón y su continuación, *No desearás la mujer de tu hijo*, el 18 de mayo del año entrante, en el mismo local. Ambas historias critican la actitud machista de un padre irresponsable en una sociedad provinciana, donde deben prevalecer las buenas apariencias como sinónimo de respeto, honor y felicidad.

Se trata de una dura crítica hacia el patriarcado mal entendido, a partir de una familia pueblerina que mantiene la imagen del macho como autoridad máxima. Se recrea el personaje de un anciano muy mujeriego e irresponsable, entretenido en las apuestas, el alcohol y la parranda. No comprende que sus mejores momentos han pasado con vertiginosidad, derrochando el dinero de su esposa. En el terreno civil, padre e hijo rivalizan por el cargo de prefectura municipal. Competencia electoral que pone de manifiesto los límites morales y anímicos de cada uno de ellos. Vemos así a un padre autoritario, intransigente, sin educación ni ética; a un hijo traumatizado por el maltrato, un ser abnegado a los chantajes maternos que lo obligan a no faltarle al respeto a su progenitor, por lo que debe soportar las injusticias. Silvano no es más que un chiquillo de diez años.

En la segunda parte, Cruz Treviño Martínez de la Garza decide rivalizar con su primogénito por el amor de una joven que bien puede ser su hija. Al morir su amada Bibiana, no soporta la tristeza que lo agobia, por lo que decide emprender una nueva vida.

La disputa por la chica desencadena un enfrentamiento verbal entre padre e hijo, en donde sus respectivas personalidades relucen de forma violenta. Finalmente, la muerte es el único remedio a esta situación; Cruz entiende que ya ha vivido el tiempo que le correspondía y, ahora, su único consuelo, será compartir la eternidad con Bibiana. La historia explota la relación padre e hijo, desde la constante competencia. La gente recibió con asombro estas producciones y acorde a la profecía de su creador, en taquilla, resultaron un éxito. No pasó desapercibido el hecho de que Pedro mantuviera una relación amorosa con la actriz Irma Dorantes. Con ella compartiría una nueva era de éxitos en la pantalla y una turbulenta vida personal, al grado de desatar una marea de conflictos y enredos legales durante los últimos años de su vida. Irma Aguirre (nombre verdadero), ya había intervenido como extra en *Los tres huastecos,* y ahora incursionaba con notoriedad como uno de los rostros más bellos del cine mexicano.

Para seguir la buena racha de trabajo, el nuevo filme de Ismael recreó la vida del compositor mexicano Juventino Rosas, personaje que representó un nuevo aprendizaje para Pedro. Encarnar a una figura tan importante para la historia musical del país, requería una disciplina fuerte, a sabiendas de que se ponía en juego su estatus como actor. Si bien es cierto que hasta el momento había demostrado su capacidad al alternar con excelentes figuras nacionales, el temor al fracaso siempre lo llevó a guardar una actitud prudente y respetuosa. Rodríguez le inyectó confianza y lo exhortó a que disfrutara del rodaje, en el cual, aplicaría sus antiguos conocimientos de violinista.

Sobre las olas se filmó a mediados de febrero de 1950, en los estudios Churubusco. El reparto estuvo conformado por Pedro Infante, Alicia Neyra, Beatriz Aguirre, Bertha Lomelí, Beatriz Gimeno, José Luis Jiménez y Roberto Corell. Resalta el hecho de que esta película fue la primera que Pedro Infante hizo a color. Juventino es vencido por el mundo; aun así debe dirigir una orquesta, recuperar la inspiración perdida, confrontar los desamores e interactuar en el drama pasional donde la amistad y el destino interponen una barrera difícil de penetrar.

La vida del compositor Juventino Rosas fue reinventada en la pantalla a partir del guión de Ismael Rodríguez, el cual resalta los problemas que enfrentó el músico, no sólo con su arte sino también en su vida personal. Pedro Infante encarna a un personaje que anhela obtener un reconocimiento mundial gracias a su trabajo. Las dificultades lo colocan en una encrucijada. En primer lugar, se enamora de un imposible, una mujer que creyó suya, pese a la diferencia de clases. El destino determina que Juventino debe casarse con la mujer de la que su amigo está enamorado, a petición del moribundo padre de esta. Un hogar en donde los constantes problemas transforman una supuesta felicidad, en una vida de monotonía y de hastío. La frustración de no poder componer una pieza musical que lo lleve adelante y mejore su situación económica, termina por desquiciarlo. Finalmente, con el apoyo de su amigo y el amor de su esposa, logra que vea la luz el vals *Sobre las olas*, composición que adquiere popularidad mundial y que por desgracia, no es reconocido como autoría del músico mexicano . Después de un amargo exilio, los restos del artista son recibidos con todos los honores por parte de su país.

Por este trabajo, Infante fue nominado al Ariel como mejor actor. El gremio creyó que obtendría sin dificultades la estatuilla. El premio, sin embargo, fue entregado a Carlos López Moctezuma.

Paradójicamente, el 31 de marzo de 1950, imponía otro récord en su sello discográfico. Esa tarde grabó *Mi preferida, Pobre corazón, La borrachita, Serenata de amor, El rebozo, Pasión eterna, Cuatro vidas, Oye vale* y *Por un amor*. Al menos en la música las cosas avanzaban. Diez días después, nació su hijo Pedro Infante Torrentera.

II

Creación del ídolo

Consolidación en la pantalla grande

La monumental plaza de toros de Torreón está a tope. No cabe nadie más. Las entradas para la presentación de Pedro Infante, Evangelina Elizondo y Fredy Fernández se agotaron en menos de dos días. Un nuevo récord sin duda. Mucha gente se ha quedado afuera; creían que aún podían conseguir boletos. Sin embargo, no se retiran con las manos vacías. Pedro ha salido acompañado de su mariachi a cantarles por espacio de dos horas.

—¿Cómo vamos a dejarlos ir así?

Agradecido, su público lo vitorea y se deshace en aplausos para el intérprete. Una vez que los deja complacidos, se dirige al interior de la plaza para cantar otras tres horas corridas. Por desgracia, ya no hay ídolos así.

Gracias a los atinados consejos y proyectos fílmicos de Ismael Rodríguez, su hijo cinematográfico fue alcanzando lucimiento y fortuna. Comenzó a trabajar para distintas casas productoras y directores. Era el momento en que se le perseguía y se le asignaban buenos sueldos. Su nombre ya formaba parte de los estelares del cine nacional.

Tal fue el caso de la productora Mier y Brooks, S.A., quien le presentó el argumento de Álvaro Custodio, titulado *También de dolor se canta*. El director René Cardona, conocedor de las habilidades de Pedro, le ofreció el estelar. Por petición del sinaloense, Irma Dorantes fue contratada para personificar a su hermana. Este papel le ganó reconocimiento entre la crítica al representar a un maestro de primaria bastante miope y mortificado por el bienestar de su familia. Pero, ¿para qué hacer caso de la crítica?

El primero de septiembre de 1950, se exhibió la película en el cine Palacio Chino. Las participaciones especiales de Pedro Vargas y Germán Valdés, Tin Tan, reforzaron su popularidad. Algunos temas musicales que se interpretaron en ella fueron *La barca de Guaymas, El rebozo y La negra noche*. Este último tema fue grabado a dueto con Pedro Vargas; el acople de voces resultó lo más sobresaliente de la cinta. Dicha escena es muy peculiar, debido a que, incluso, Braulio Peláez parodia la forma de hablar de Vargas; este recurso le dio un toque de picardía a la historia, la cual contaba una comedia en el mundo de la farándula y la hermandad existente entre sus trabajadores. Por su parte, Tin Tan hizo gala de creatividad al mostrar uno de sus característicos bailes en los que movía rápidamente el cuerpo. La anécdota refiere que Germán Valdés solía saludar de forma peculiar a Pedro cuando se lo encontraba en los pasillos de los estudios de grabación. Entonces, la broma iniciaba: «¿Qué pasó mi ídolo?, ¿con cuántos galanes acabaste hoy? Así como vas terminarás por apagar a todas nuestras estrellitas» (A todo esto Infante solamente le respondía) «No exageres mi Pachuco, cada uno tiene su público.»[1]

---

1. CORTÉS Reséndiz, Roberto y TORRE Gutiérrez, Wilbert, *Op.cit*, p.119.

También de dolor se canta es una deliciosa comedia: un profesor de provincia emprende un viaje en compañía de su hermana, a quien unos productores fílmicos han prometido fama y fortuna en el mundo del cine. Internados en el mundo del espectáculo, la suerte favorece a Braulio Peláez, quien en realidad posee el talento necesario para ser famoso. Su naturaleza humilde le hace sentirse ajeno a ese ambiente, mitad ficción y mitad realidad, por lo que decide abandonar la aventura. Mientras tanto, su familia está feliz y orgullosa ante los resultados obtenidos por sus hijos, pues erróneamente creen que también su hija figurará al lado de su hermano, y proclaman en su pueblo la dicha que los embarga. El romance de Braulio y Elisa es más fuerte que la vida detrás de las cámaras y los reflectores, pero aún así ella no logra convencer a su novio de que desista de la idea de volver a su hogar, en donde le esperan su escuela y los alumnos. Los hermanos vuelven a lado de sus padres, un tanto decepcionados por no haber podido realizar sus sueños. Finalmente Elisa Miranda decide alcanzar a Braulio, pues comprende que el amor es más valioso que todo el mundo superfluo del espectáculo.

Para el rodaje de su siguiente película, *Islas Marías*, Infante tuvo que someterse a una preparación psicológica fuerte, que le llevó a convivir durante un tiempo con los presos del penal de máxima seguridad. En dicho acercamiento, Pedro compraba cigarros a los reclusos y les interpretaba sus canciones favoritas. Solía decirles que ellos se encontraban ahí por sus errores, pero que a su vez creía en su bondad y que si en sus manos estuviera la posibilidad de dejarlos libres, lo haría sin duda. Varios salieron porque el pagó sus fianzas. Esta producción de los hermanos Rodríguez fue dirigida en su totalidad por Emilio Fernández; estuvo basada en el argumento de Mauricio Magdaleno. Fue estrenada el 10 de agosto de 1951 en el cine Orfeón.

La cinta ostentaba el drama amoroso; recreaba la forma de vida en un penal, el ambiente hermético y la miseria humana, donde la ternura ofrece una pequeña esperanza. En ella, Felipe Ortiz Suárez acepta culparse del homicidio cometido por su hermana para salvarla de ir a prisión y limpiar así el nombre de su también hermano, un militar honorable, que se había inculpado en un principio para después suicidarse. De esta forma, es procesado por las leyes penales para que purgue su condena en la famosa prisión. La forma de vida de los presos y la intensa atmósfera de asfixia que se respira en el encierro, quedan plasmadas en la cinta. Los presos son una masa sin rostro, que lejos de ser considerados seres humanos, son un número más, un desperdicio de la sociedad que les vio nacer pero que los repudia ante sus fallas.

Felipe se casa con una chica del presidio que le salva la vida luego de haber sido atacado por otro convicto. Una vez en libertad, tras haber cumplido la sentencia de trabajos forzados en el penal, regresa a la ciudad en donde encuentra a su madre completamente ciega. Una vez juntos, reinician sus vidas.

Islas Marías es un intento del director Emilio Fernández por mostrarnos la manera en que tratan de sobrevivir los presos en las cárceles. Los intentos de fuga que se muestran en la historia exponen el anhelo constante de la libertad, derecho que se pierde cuando el libertinaje del hombre culmina en un error.

A mediados de octubre de 1950, Pedro se involucró junto a su amigo Antonio Badú y la actriz Lilia Prado, en la comedia ranchera *El gavilán pollero*. Rogelio A. González, que hasta entonces solo había sido coguionista de Ismael, debutó como director, lo que ocasionó una serie de problemas:

En la escena de cantina donde se encontraban por primera vez los personajes de ambos actores, Pedro dijo sus parlamentos con fluidez, pero en algún momento carraspeó. González gritó «¡Corte!»

—¿Por qué? —preguntó Pedro—Iba bien.

—No, tosiste, no se oye bien. Vamos a hacerla otra vez.

Se repitió todo el parlamento. Ahora todo salió sin accidentes. «¡Bueno, se imprime!», ordenó el director.

Pedro se levantó de su silla y gritó a todo el *staff*: «¡'Ora verán! Cuando sea productor, voy a salir tosiendo, miando (sic)y hasta cagando.»[2]

Aparte estos dilemas, la historia es entretenida y de calidad: una pareja de estafadores, finalmente es sorprendida, gracias a que Antonia (Lilia Prado) delata a su compañero Inocencio (Infante), ante su patrón, cuando lo sorprende en brazos de la esposa de este. Sin embargo, El Gavilán logra escapar y, por circunstancias del destino, conoce a Luis Lepe (Antonio Badú); ambos sellarán su amistad con sangre. Lo comparten todo y atraviesan por una serie de aventuras y líos de faldas. Un tanto aburridos de esa forma de vida y porque temen represalias, deciden ir a la capital para continuar con esos menesteres en los que figuran las copas, las mujeres y las canciones. Nuevamente se encuentran con Antonia, la cual hace que se enfrenten y que lleguen a olvidar por un momento esa amistad que los une. Después de pelear por las caricias de la joven, comprenden que solo ha jugado con ellos y deciden abandonarla.

La postura machista en la que se estereotipó Pedro Infante fue, en gran medida, la clave que lo convirtió en uno de los «galanes» favoritos de la cinematografía mexicana. La picardía que imprimía a sus personajes lo hizo el típico «hombre mexi-

---

2. GARCÍA, Gustavo, *No me parezco a nadie (La vida de Pedro Infante)*, Tomo II, *Op.cit*,p. 22.

cano» que además de ser fuerte, valiente y apuesto, gozaba de esa peculiaridad sin llegar a convertirse en un defecto.

Las mujeres de mi general fue el nuevo proyecto de los hermanos Rodríguez. Ismael decidió ponerse al mando de la dirección para delinear la energía y el carácter necesarios del personaje protagónico. En la fotografía intervino José Ortiz Ramos; en la música, Raúl Lavista y en el argumento se aceptó la versión final del escrito elaborado por Celestino Gorostiza y Joselito Rodríguez. La mancuerna Pedro Infante-Lilia Prado, se probó una vez más, tal vez para intentar resurgir el éxito de las parejas consentidas a cuadro, tal y como había ocurrido con la desaparecida Blanca Estela Pavón.

En esta ficción, rodada a partir del 7 de diciembre de 1950, se plasmó el ambiente revolucionario que justifica la forma bruta y machista, cómo la figura de un caudillo se desenvuelve en sus relaciones sentimentales al enfrentar la traición y la injusticia. De esta manera, encontramos a un guerrillero de gesto fiero, mal hablado, un hombre idealista, macho por convicción, aunque por igual romántico, que no tolera la burocracia y su poder. Un luchador que se encuentra sujeto a las trampas de la política y las clases que dominan el país.

Así, la vida del general Juan Zepeda no se limita exclusivamente a lidiar con los conflictos bélicos cuando toma Ciudad Martínez. Lejos de mantener a raya a las fuerzas enemigas, sorprender a supuestos traidores y evadir las ráfagas de bala, se ve envuelto en menesteres de tipo sentimental. Lupe es la soldadera más fiel y allegada al general. Sin embargo, llega a tener un nudo de sentimientos encontrados que van desde los celos hasta las caricias más tiernas destinadas al general valiente; autoridad siempre pendiente de sus hombres, que no deja de ser caballero para enfrentar al enemigo.

Se proyecta una realidad en la que prevalecen las desigualdades sociales, lo que hace necesaria la lucha por erradicarlas. La última escena nos presenta a un hombre dispuesto a entregar la vida por sus ideales y henchido de justicia social.

Definitivamente 1950 fue uno de los mejores años para Pedro en el mundo de los acetatos. Había grabado ya unos cincuenta y cinco temas para Peerless. Su estatus de vendedor reta seriamente a Jorge Negrete y Luis Aguilar. *Serenata de Amor, El rebozo, Pasión eterna, Cuatro días, Oye vale, Por un amor, La barca de Guaymas, Óigame compadre, El gavilán pollero, Cuatro caminos, Por un amor, Jamás-jamás, El fronterizo, Ando marchito, Tu castigo, El rebelde*, entre otras, fueron algunos de los éxitos más pedidos de la radio. Las populares *Mañanitas* se difundieron el 30 de julio y se convirtieron a la postre en el material más solicitado del cantante. Infante logró consolidar su voz en el gusto popular y de la clase media. Al mismo tiempo ganaba de igual modo afectos y celos de otros artistas, por considerarlo en ese tiempo un tipo con suerte.

Para el 18 de enero del año siguiente, Miguel Zacarías decidió aprovechar el imán de taquilla que simbolizaba Infante y lo contrató para la cinta *Necesito dinero*. El elenco fue de primer nivel: Sarita Montiel, Maruja Griffel, Elda Peralta, Armando Sáenz, Gustavo Rivero, Luis Musot, Guillermo Samperio, Eulalio González, Piporro y Armando Velasco. Se incluyó asimismo a su hermano Ángel y a Irma Dorantes.

El mérito de esta comedia citadina, fue la de dar un giro al héroe ranchero para evitar el encasillamiento de la figura de Pedro Infante a caballo, con pistola, o con un buen par de botellas a su lado. Esta vez, el personaje lleva el nombre de Manuel, y es un mecánico de automóviles / automotor que tiene puesta, en sus ahorros, la esperanza de inaugurar su propio taller mecánico. La aparición de María Teresa logra llamar su atención y se enamora, lo cual le le permite elaborar un cuadro romántico a lado de su mujer ideal. En adelante, los intentos por conseguir aunque sea la atención de Zapatitos, mote que él mismo le da al contemplar todas las mañanas su paso hacia la joyería en donde trabaja, formarán parte de sus estrategias más atrevidas. Al patentar un novedoso invento mecánico que consiste en un acumulador compacto, su suerte comienza a cambiar. Sin embargo María Teresa opta por llegar a la riqueza, a las comodidades y los lujos al huir de su casa con un millonario que siempre la ha pretendido. Así, olvidando su empleo, escapa de la sombra de su pasado, en donde la pobreza ha sido el principal enemigo a vencer. Aunque, gracias a los buenos sentimientos que lleva desde su crianza, Zapatitos cambia de parecer al descubrir que el galán millonario es un tipo de bajos escrúpulos. Manuel, sin embargo, es el hombre de su vida, aunque no tenga bienes económicos.

La participación de Sarita Montiel atrajo poderosamente la atención del público mexicano, al que cautivó con su belleza y singular voz. Su primera incursión en nuestro cine fue en 1950, en *Furia Roja*, al lado de Arturo de Córdova, historia ambientada en el periodo de la intervención francesa. Muy pronto, por su calidad, Zapatitos se anexó a los repartos de futuras producciones.

Fue a mediados de marzo de 1951 cuando Ismael Rodríguez le presentó a Pedro el argumento de una historia doble: *A toda máquina* y *¿Qué te ha dado esa mujer?* Un estilo de producción que ya había demostrado que ahorraba tiempo de rodaje y lucimiento de reparto. Jack Draper fue el encargado de capturar en su lente las primeras escenas en las que Pedro tenía que dar vida a un agente de tránsito nacido de la nada, quien antaño había vivido como un vagabundo, debido a la mala suerte que siempre lo acompañaba. Para ello, Infante necesitaba manejar una motocicleta y realizar trucos en ella. Muy pronto logró dominar el aparato a tal grado que no aceptó ser doblado en las escenas con la moto, ni si quiera en las peligrosas. Ismael recordaba:

Cuando en ATM debía salir brincando a once personas con la moto, yo tenía su doble y todo preparado; sin embargo, ni cuenta me di al momento en que Pedro tomó el lugar de aquél. Yo empecé a tomar acción y entonces me percaté de lo que pasaba y ya ni modo de cortar. Era muy juguetón, le encantaba hacerme enojar.[3]

Los oficiales Enrique López Zuazua y Francisco Sandoval auxiliaron al ídolo en los entrenamientos para que ejerciera un total dominio de la motocicleta durante las acrobacias. Su relación con la corporación de tránsito fue tan estrecha que hasta le permitían levantar infracciones vestido con el uniforme, como si fuese un agente. La sorpresa de los automovilistas era mayúscula; algunos aceptaban gustosos la sanción con tal de obtener su autógrafo en la multa. Por su participación en estas cintas, Infante y Luis Aguilar fueron nombrados comandantes honorarios. Para cerrar con broche de oro, se adoptó como himno de la institución el tema: *¿Qué te ha dado esa mujer?*

Durante la filmación, al estar haciendo evoluciones con la moto se cayó dándose un fuerte golpe. Mientras en los presentes reinaba la confusión y el nerviosismo; él se reincorporó mostrando una herida en la parte frontal de la cabeza. Al tratar de auxiliarlo dijo: «Tranquilidad, señores, se trata de un pequeño raspón». Dicho sea que a pesar de no perder el sentido en ese momento, con el tiempo empezó a padecer de fuertes dolores, pulsaciones y ruidos en los oídos; algunas veces se acaloraba demasiado.[4]

---

3. MEYER, Eugenia, *Op.cit*, p.129.
4. MEJÍA Ramírez, Gonzalo, *Op.cit*, p.77.

A toda máquina es la primera parte de un binomio de risas y situaciones chuscas que definieron a Infante como un artista multifacético al alternar con Luis Aguilar, quien había debutado oficialmente en la cinta *Sota, caballo y rey*; del director Roberto O´Quigley, en 1943. La historia comienza cuando un vagabundo llama la atención de un hombre que busca el amigo ideal. Al considerar que tal vez este pueda ser ese desarrapado, lo acepta en su departamento. Las diferencias en cuanto a personalidades se hacen presentes y los problemas surgen de inmediato. Sin embargo, la simpatía entre ambos ha nacido, por lo que separarse es imposible. Rápidamente y tras ciertas pruebas de agilidad, Pedro Chávez y Luis Macías logran obtener un empleo en el escuadrón de tránsito.

Pedro, no solo compartirá la habitación con su amigo, sino que también empieza a infiltrarse en sus romances: lo aconseja, da la cara por él en situaciones algo comprometedoras y la rivalidad nace no solo en el trabajo, sino también en la seducción.

Las bromas suben de tono a medida que la supuesta apatía ingresa en sus vidas. Finalmente los deseos de demostrar quién de los dos es mejor con la motocicleta y ganar así el reconocimiento de sus compañeros, los lleva a tener un accidente, y es ahí cuando se juran amistad fraterna.

Ismael Rodríguez, con la intuición para el gusto popular que siempre caracterizó su carrera, reunió en ATM al superídolo Pedro Infante con el nuevo astro de la canción ranchera Luis Aguilar, en una comedia en la que la que es tal la exaltación del machismo, que se vuelve burla. Es tan exagerada la competencia por las muchachas, que el uno al otro se sabotean los romances. [5]

¿Qué te ha dado esa mujer? lleva la rivalidad de los personajes a un punto crucial; en él está de por medio tanto su amistad

---

5. «*Las 100 mejores películas del cine mexicano*», Op.cit, p. 69

como el amor sincero que les profesan dos mujeres. El cariño de ambos motociclistas se verá mermado por la necesidad afectiva que solo una esposa puede compensar.

Nuevamente los aparentes juegos y berrinches de dos niños grandes en esta historia asoman, en un trabajo que nos lleva de la comicidad al drama. Sin embargo, la comprensión sale a flote y rescata los valores más apreciados: hermandad, sinceridad y honestidad. Aunque cada uno ve afectada su vida amorosa, caen en la cuenta de que los vínculos de fraternidad siguen siendo sólidos. Después de estas cintas, el nuevo héroe citadino quedó plenamente identificado.

Pese a que ambas películas se filmaron al mismo tiempo, su estreno no fue simultáneo. *A toda máquina* se exhibió el 13 de septiembre de 1951, en el cine Alameda y *¿Qué te ha dado esa mujer?*, tres meses después, en el cine Chapultepec. Su reparto contribuyó mucho a su popularidad: Luis Aguilar, Alma Delia Fuentes, Carmen Montejo, Rosita Arenas, Carlos Valadez, Aurora Segura, Gloria Mange, Emma Rodríguez, entre los principales. En un principio se pensó en llamar a las cintas, *Distrito Federal*.

A mediados de ese año, Pedro Infante participó al lado de Irma Dorantes; Eulalio González, Piporro; José Ángel Espinosa, Ferrusquilla, y Álvaro Gálvez y Fuentes, en la exitosa serie radiofónica *Ahí viene Martín Corona*, que se transmitía una vez a la semana, completamente en vivo, desde los estudios de la XEW. Fue uno de los programas que más arrastre popular tuvo entonces. Los capítulos fueron escritos por el mismo Gálvez y Fuentes, con un tinte de aventura y romanticismo. La saga tuvo una duración de cuarenta capítulos con un elevado nivel de audiencia. El mariachi Vargas de Tecalitlán acompañaba a Pedro en sus singulares interpretaciones y musicalizaba las rúbricas de identificación, donde se escuchaba a Pedro cantar *Maldita sea mi suerte*. La emisión duraba media hora y contaba con el patrocinio de la cervecería Corona; tal vez de ahí, el apellido del singular héroe justiciero, que enfrentaba a peligrosos bandidos y ayudaba a los necesitados, acompañado de Piporro, un anciano muy dinámico y valiente capaz de dar la vida por sus ideales.

Terminada su intervención ante los micrófonos de XEW, decidió acudir al médico. No todo había sido perfecto en sus anteriores rodajes. La herida en su cabeza, producto de aquel accidente aéreo, le estaba ocasionando más problemas. En el tiempo que duró la filmación con Ismael Rodríguez, los padecimientos se acrecentaron. Notaba que los dolores en la frente y oídos eran constantes. Por tal motivo, el 18 de mayo de 1951, fue intervenido quirúrgicamente por el doctor Manuel Velasco Suárez, para colocarle una placa de platino de aproximadamente seis centímetros de diámetro. La placa cubrió la falta de hueso y garantizó una mejora en el estado de salud del artista. Los medios de comunicación hicieron de este hecho una noticia de suma importancia. Cinco meses después, nació su hija Lupita Infante Torrentera, el 3 de Octubre de 1951, hecho que lo llenó de alegría.

Repuesto en ánimos, se involucró en una historia doble: *Ahí viene Martín Corona* y *El enamorado*, ambas basadas en la exitosa serie radiofónica de la XEW y que comenzaron a filmarse a partir del 29 de octubre. Su compañera de escena fue nuevamente la inolvidable Zapatitos, Sarita Montiel. Sin duda, ellos habían funcionado a la perfección como pareja cinematográfica. Recordemos el éxito de *Necesito dinero*, que se mantuvo tres meses consecutivos en cartelera. Al mismo tiempo, una naciente figura de éxito alterna en escena: Eulalio González, Piporro, bautizado así por escritor Álvaro Gálvez y Fuentes, el Bachiller. Si bien es cierto que en la radio fingía ser un anciano bonachón y escudero fiel de Martín Corona, en el cine se le veía demasiado joven. En un principio se pensó en cambiarlo por otro actor. Pedro, se mostró renuente al despido del comediante. El maquillaje fue la solución al problema. La producción corrió a cargo de Miguel Zacarías, apoyado en el argumento de Álvaro Gálvez. La escenografía se montó en el estudio de Luis Moya; el maestro Manuel Esperón comandaba los arreglos musicales y en la fotografía: el también maestro Gabriel Figueroa.

Martín Corona es un héroe regional muy querido por casi todo el pueblo, pues siempre está a la defensa del pobre y el marginado. Al lado del singular Piporro, su fiel escudero como Sancho del Quijote, cabalga en la lucha del bien. En esta cinta, ayudan a la española Rosario, defraudada y que ha perdido sus pertenencias a manos de los manejos turbios de un hacendado.

Película en la que las balas y los golpes son el lenguaje predilecto de Martín porque mediante este logra hacer respetar la justicia. El amor de Rosario es la mejor recompensa a sus esfuerzos. De esta manera, el justiciero no solamente logra vencer a los villanos sino también la indiferencia de Rosario, aquella joven insolente, irrespetuosa, que no tolera la imprudencia pícara de Martín, pero de la cual goza complaciente. La historia pretendió llamarse *Amorcito de mi vida*, pues así se titula la canción, inspiración de José Alfredo Jiménez que Pedro interpreta a su enamorada en la parte central de la cinta.

El enamorado nos sitúa en el seno de la nueva familia de Martín Corona, el cual goza haciendo rabiar a su esposa cuando la cuestiona sobre su doble personalidad, es decir, o la cantante Carmen Linares (identidad que en la primera parte le ayudó a ocultarse de los bandidos que la perseguían) o simplemente Rosario. Las acciones justicieras de Martín y Piporro aún no han sido olvidadas por las personas a quienes logró vencer en la primera parte. Ahora, tratarán de tomar venganza, por lo que emprenden nuevamente una ola de crímenes y robos. Los vecinos piden la ayuda de su amigo y protector, pero este se niega tras la promesa hecha a su esposa de no arriesgar nuevamente su vida.

Rosario al ver las calamidades que sufren las personas, devuelve su palabra a Martín, que enfrenta una vez más el peligro. Es grato recordar la participación del compositor José Alfredo Jiménez al cantar el corrido de Martín Corona en ambas películas. De igual forma, el nacimiento de unos gemelitos, hijos de Martín, a los que Serafín y Piporro se encargan de educar; es decir, fungiendo como hombre y mujer. El primero será ridiculizado porque la «mujercita» debe tener siempre cuidados extremos, pues es la imagen de la madre y, por lo tanto, debe usar vestidito y ser mimada al extremo. Mientras tanto, Piporro hará del hombre, un «macho».

Originalmente se pensó en llamar a este filme *Vuelve Martín Corona,* que parecía el más adecuado.

El catálogo musical del actor cerró ese año con un total de veintiocho temas. Los compositores estaban a la caza de Pedro para que les grabara algún tema. Infante era una estrella con brillo y carácter fuerte que amenazaba con opacar a los astros existentes. Esta vez grabó los siguientes éxitos: *Qué suerte la mía, Soy infeliz, Hijo de pueblo, Amorcito de mi vida, Rosita de Olivo, Las tres cosas, Cuando el destino, Despierta, Necesito dinero, Día nublado* y *Yo no fui.* Esta última reforzada por las cintas *A toda máquina* y *¿Qué te ha dado esa mujer?*

Ahí viene Martín Corona llegó a las pantallas el 23 de mayo de 1952. Por su parte, *El enamorado* no lo hizo hasta el 5 de septiembre; ambas en el cine Palacio Chino. Era contundente que la fórmula de Ismael Rodríguez en filmación, era aprovechada al máximo. La mayoría anhelaba que Pedro realizara historias dobles para atraer taquilla y derramas económicas. Su imagen se saturó al extremo en una excelente racha de trabajo.

Bajo esa perspectiva, fue ahora la productora Filmex S.A., bajo la dirección de Rogelio A. González. Así, Pedro Infante trabajó en las cintas *Un rincón cerca del cielo* y *Ahora soy rico*. Como compañera le fue asignada Marga López. El guión fue bien armado por el propio director, en colaboración con Gregorio Wallerstein, para el segundo episodio. Las cintas exponían el horror de la miseria que una pareja de novios, más tarde esposos, atraviesa en la capital. Sabiéndose víctimas de las injusticias son humillados por el hambre y la inmundicia. Como contraste, una vez situados en la opulencia, gracias a un amigo que les da la mano, la infidelidad y el abandono ejemplifican la vida caótica de su hogar. La depresión es un elemento muy recurrente en las secuencias.

Las diferencias entre actor y director, desde lo ocurrido en *El gavilán pollero*, por aquello del toser en escena, no fueron dificultad para lograr cierto entendimiento durante la filmación. El resultado es un par de historias de alto contenido emotivo. Destaca la actuación de Antonio Aguilar, quien representa a Tony, el personaje que frena las desgracias de Pedro González. Estas cintas se estrenaron el 22 de agosto de 1952 en el cine Orfeón.

Un rincón cerca del cielo expresa toda la ideología del viejo cine mexicano, [...] que los pobres se van al cielo y los ricos al infierno. Los amores eternos de la pobreza, el sufrimiento hasta los límites de la muerte para encontrar la redención final y un intento de recrear la atmósfera de la capital a principios de los cincuentas [...][6]

Marga López logra una de sus mejores interpretaciones en esta película dirigida por Rogelio A. González. Pedro González es despedido injustamente del trabajo por casarse en secreto con Marga, joven deseada por su jefe. En adelante, los inten-

---

6. CAREAGA, Gabriel, *Los mitos del siglo XX*, Océano, México D.F, 1984, p. 91.

tos por obtener un nuevo empleo se ven ensombrecidos por la mala suerte. Orillados por el infortunio, llegan a los niveles más bajos de la pobreza y la marginación. Su inalterable condición de carencia recae en su hijo pequeño, el cual muere a causa de los descuidos de salud.

La película llega a impactar al público, debido a la dosis de realismo impregnado sobremanera con elementos de miseria. Se le ha tratado de comparar con *Nosotros los pobres*, debido a los elementos que se manejan en su desarrollo.

Ahora soy rico da un giro inesperado con estos personajes. Para fortuna de sus desdichas y a la generosa intervención del amigo Tony (Antonio Aguilar), la vida se transforma en un manjar de lujos y comodidades. Ante esta nueva situación, el dinero se convierte para Pedro en el fetiche al cual van sus nuevas aspiraciones, sus carencias afectivas y una proyección del rencor provocado por su anterior condición social. Su nueva realidad lo lleva a cometer infidelidades y actos que nunca se imaginó capaz de hacer y ante su arrepentimiento, aprende a «materializar» sus disculpas.

El mensaje genérico de la cinta es claro: de nada sirve una buena posición social si con esta se corrompen los principios morales de la persona. El filme, para muchos, coincide con la vida de Infante en diversos puntos, entre ellos, el de sus constantes triángulos amorosos y el fastidio de su vida matrimonial.

Tal parecía que ver sufrir a un personaje interpretado por Pedro, acorde al campo de aspiraciones psicosociales de sus admiradores, era la fórmula que garantizaba las grandes entradas. Desde *Nosotros los pobres*, el actor llegó a los sentimientos más profundos del pueblo y este era quien tenía la última palabra a la hora de definir la popularidad de los artistas.

Para hacer un receso en su trabajo cinematográfico, realizó una presentación especial en el teatro Lírico, donde alternó con

Carmen Morell, Pepe Blanco, Los tres diamantes, el Mariachi Vargas, Amparo Arozamena, Sarita Montiel, Fernando Soto, Mantequilla, Rosita Romero, entre los más importantes. También emprendió una gira de cuatro días por Venezuela, país en el que era muy asediado por los periodistas.

Ángel Infante hasta, el momento, había participado con discreción en algunas películas de su hermano. Sin embargo, él anhelaba obtener un nivel similar de popularidad. La casa cinematográfica Grovas S.A., rodó para él una película bajo la dirección del señor Juan Bustillo Oro. La cinta fue titulada *Por ellas, aunque mal paguen,* y reunió como estelares a Silvia Pinal, Fernando Soler e Irma Dorantes. Las primeras escenas fueron filmadas a partir de mayo de 1952. Para la productora era importante pulir una figura cercana a Pedro, pero con la cautela de no llegar a la imitación. El apellido ya imponía. En el argumento de Augusto Martínez O. Se diseñó un personaje que ayudaría mucho para el debut del Nuevo Infante, y que sería interpretado por Pedro. En un gesto de cariño hacia su familiar y para augurarle un futuro prometedor en la pantalla grande, decidió realizar una pequeña intervención en dicha película.

Al mes siguiente del mismo año, el argumentista Fernando Méndez colaboró para la casa productora Diana S.A., y presentó en colaboración con Ernesto Cortázar un guión de comedia ranchera: *Los hijos de María Morales.* Pedro alternó de nueva cuenta con su entrañable Antonio Badú e Irma Dorantes. La actriz Carmelita González, también había hecho pruebas para obtener un papel en esta cinta. Cuando le dijeron que la habían rechazado, rompió en llanto, pues su ilusión era la de trabajar al lado del astro sinaloense. Pedro se enteró de esto y habló con la producción y les pidió que escribieran un nuevo papel para ella. Como justificación dijo que él no podía hacer llorar a una muchacha. Al reparto se anexaron Emma Roldán, Josefina Leyner, Andrés Soler, Tito Novaro, Lupe Inclán y Pepe Nava.

La broma, la parranda, el juego y las mujeres, fueron elementos explotados en la cinta. La picardía de ambos actores logró crear una historia de enredos y situaciones humorísticas donde la hermandad y el sentido de pertenencia al matriarcado forjan, curiosamente, la educación de dos auténticos machos mexicanos. Pedro se limita a explotar la tónica de su éxito: el hombre macho con todos sus excesos y debilidades. Un par que hace de las suyas y que llevan consigo el poder y respaldo de una madre demasiado consentidora y orgullosa de la fama que han obtenido sus muchachos con el paso del tiempo. José y Luis Morales seducen chicas, las engañan, beben y juegan y, por si fuera poco, arriesgan sus pellejos en la disputa de su honor. Los enfrentamientos que llegan a protagonizar con ciertos hombres a quienes no les simpatiza en nada su presencia, concluyen en peleas y unas cuantas sillas rotas. Los Morales son incontenibles, populares y bien recibidos en cualquier lugar donde aparecen, pues en el fondo son personas de bien y muy leales con los amigos. Sin que lo esperen, el amor atraviesa por sus vidas y los transforma en dóciles lacayos, aunque sin olvidar del todo el espíritu parrandero.

Ismael Rodríguez deseaba, desde hacía tiempo, juntar en una película a Pedro Infante y a Jorge Negrete, dos emblemas del charro nacional. Sin embargo, ambos cantantes no querían participar en el proyecto, intimidados por la respectiva fama de cada uno de ellos. A Jorge le incomodaba un tanto la popularidad del antiguo carpintero sinaloense con el público, que le era fiel y cariñoso, pues conocía de antemano sus éxitos taquilleros. Por su parte, Infante se acomplejaba ante la voz poderosa de Negrete: Pedro le decía a Rodríguez: «No papi, mira su personalidad, su voz, ¡es hasta secretario general de la ANDA!»[7].

La negativa a la propuesta de Ismael continuaba, así que utilizó una ayuda externa para reunirlos. Una mañana en que Rodríguez desayunaba con el presidente de la república, Miguel Alemán, le comentó el problema:

—Pero [...] Jorge parece que no quiere—dejó escapar Ismael.

—Yo te lo arreglo—dijo el presidente de la República. La única condición fue que Miguel hijo fuera el productor, y así Jorge y Miguel Alemán fundaron la productora Tele Voz. Orellana y Rodríguez presentaron el argumento a Negrete; no le gustó: «¡Claro! Como es tu hijo cinematográfico Pedro, le das las mejores líneas». Y cuando se lo llevaron a Pedro: «¡No, qué personaje el de Jorge! ¡Claro, como es don Jorge!»[8]

Lejos de estas discrepancias, entre Jorge y Pedro existió una relación muy estrecha, misma que en el transcurso de su vida fue acrecentándose. Los rumores siempre han pretendido afirmar un desprecio e incluso odio entre ambas estrellas. Lo cierto es que, según las declaraciones de reporteros, familiares y gente cercana a ellos, no existía tal rivalidad. Eran amigos y se estimaban.

Cuando al fin los interesados quedaron conformes con el guión, iniciaron las grabaciones a partir del 4 de agosto de 1952. Tensión y nerviosismo predominaron al inicio del rodaje. El excesivo respeto de ambos interfería en el proceso, pese a que ya se conocían y habían compartido otras presentaciones.

Conforme el rodaje iba avanzando, el hielo se iba rompiendo, a tal punto que en algunos descansos jugaban póker, comían, cantaban y solían bromear. De esta manera, Jorge

7. GARCÍA, Gustavo, *No me parezco a nadie (La vida de Pedro Infante)*, Tomo II, *Op.cit*, p. 38.
8. GARCÍA, Gustavo, *Íbidem*, pp.38-39.

Bueno y Pedro Malo hicieron de las suyas en esta cinta. Aunque Negrete le pedía a Pedro que lo tuteara, los biógrafos refieren que, tal vez por admiración, siempre le habló de usted.

El 6 de agosto, Pedro cumplió varios compromisos profesionales; grabó en Peerless: *El copetín, Mi chorro de voz, La tertulia, La traidora, Tu recuerdo y yo,* y *El mala estrella*; los tres últimos temas de José Alfredo Jiménez, cantautor con el que ya había hecho espléndida mancuerna. Esa misma noche, aprovechando su tren de popularidad, actuó en el Teatro Lírico acompañado de su mariachi. Debido a lo apretado de su agenda, acordó que el día siguiente sería su última presentación. Para despedirse del público, organizó el Jueves de Damas; así, las señoras acompañadas por su marido o algún caballero, no pagarían la entrada.

La filmación de *Dos tipos de cuidado* fluía sin problemas. En la historia, la amistad de Jorge Bueno y Pedro Malo se ve mermada por conflictos de tipo amoroso. Sin proponérselo, Pedro Malo terminó unido con la mujer que por derecho sentimental le correspondía a su amigo; despechada, la hermana de Jorge decide olvidarlo. Al tratar de resolver los malentendidos, las situaciones se complican más. Jorge Bueno decide vengarse; trata, por todos los medios posibles, extinguir el patrimonio de su antiguo socio de parrandas para humillarlo y verlo a sus pies. En los enredos caen presos también los familiares de cada pareja, así como sus respectivas amistades. Finalmente, Bueno y Malo simbolizan sus rencores en un frente a frente musicalizado, el cual tiene como escenario una fiesta familiar:

Pedro:Te consta que nos soy tonto como tú, lo has presumido...
Jorge: Tonto no, sí entrometido, por el hambre, de amistades...
Pedro: El hambre siempre la calmo con el manjar del amigo...
Jorge:¡Méndigo es y no mendigo, el que roba a sus amigos...
Pedro: Tú lo dices...
Jorge: Lo sostengo...

Pedro: No te vayas a cansar...

Jorge: No le saque...

Pedro: Sí le saco..

Jorge: Pues se acabó este cantar...

El material muestra las dos posturas típicas del machismo: el impulsivo que no se deja de nadie y aquel que no necesita hacer gala de su fuerza bruta, sino intelectual, con tal de humillar a su oponente. Como en toda buena sátira, existe un final feliz, en el que las dudas finalmente se despejan. Esa es la fórmula que se utiliza en la cinta para retratar una auténtica fiesta.

Ismael Rodríguez reiteró su estatus de director taquillero por excelencia y la experiencia que le produjo dirigir a dos astros de la talla Negrete-Infante fue la siguiente:

Pedro era muy travieso y Jorge sereno y estirado. Pero, después de la primera semana lo contagió y se la pasaban como niños gastando bromas. Se hicieron buenos amigos y la última vez que nos vimos los tres fue en Los Ángeles, en la *suite* de Pedro, donde ambos jugaron con sus trenecitos eléctricos y Pedro se comió dos tibones, y la pierna y el muslo del pollo que había dejado Negrete.[9]

La película fue un éxito impresionante. Reunir a dos personajes llenos de popularidad y presencia escénica, atrajo las mejores opiniones y, por supuesto, mejores ingresos. Así era el Alquimista Ismael. *Dos tipos de cuidado*, se estrenó el 5 de noviembre de 1953 en los cines México y Mariscala. En el elenco también aparecían Carmelita González, Yolanda Varela, Queta Lavat, Mimí Derba, José Elías Moreno, Carlos Orellana y Arturo Soto Rangel.

Pedro inició una gira relámpago por Sudamérica, la cual incluyó Guatemala, Venezuela, El Salvador y Cuba, país donde,

---

9. «*Las mejores 100 películas del cine mexicano*», *Op.cit*, p. 52.

por cierto, apareció en la televisión local y cantó en la prestigiosa estación radiofónica CMQ. Regresó a la capital mexicana el 24 de septiembre. Enseguida, se reunió una vez más con el director Miguel Zacarías quien le presentó el argumento de la historia titulada sencillamente *Ansiedad*.

Las primeras secuencias se rodaron en los estudios Churubusco, a partir del 20 de octubre de 1952. El acoplamiento entre la actriz argentina Libertad Lamarque y Pedro, fue mejor de lo esperado. Vale la pena resaltar las interpretaciones a dúo en el preciso acople de voces. En *Ansiedad*, Infante interpreta a tres personajes: un padre de familia cariñoso, el cual muere en una balacera de cantina; dos hermanos, uno bueno, amoroso y comprensivo con su madre, la cual le enseña los secretos de la actuación y el canto, y el otro que es donado por necesidad a una familia adinerada, y que es soberbio, déspota y frívolo. Nótese, una vez más, la crítica hacia las altas clases sociales de nuestro país, situación que no dejaba de ser incómoda y que encasillaba la vieja técnica del melodrama rural, no permitiéndole explorar nuevas ideas.

El sentimentalismo de una madre por ver a su hijo y comprobar que ha crecido como todo un señor, la lleva a propiciar las condiciones necesarias para el reencuentro. Sin embargo, su desilusión es evidente al comprobar que se trata de un ser egoísta y frívolo. El final muestra el arrepentimiento del hijo, quien reclama a su madre el abandono y decide comenzar una nueva vida en la que ella y su hermano sean las principales figuras de su existencia. Como en la mayoría de las películas de Pedro, los pobres y humildes siempre obtendrán una recompensa a sus sacrificios y penurias.

Con el estreno de la película, Pedro tuvo una aceptación mayor entre el público de la clase media, pues esta no lo veía muy bien debido a sus anteriores caracterizaciones populares. Pedro asemejaba ante ellos un actor para los pobres y un producto del «cine de truco» a manos de Ismael Rodríguez. *Ansiedad*, cumplió con la finalidad trazada por Zacarías: generar una película de éxito.

Cierto día, Pedro se acercó a Ismael y le comentó su inquietud por realizar una película de box, uno de sus deportes favoritos. La diabetes no fue un impedimento para que construyera un cuerpo atlético con disciplina en el gimnasio. El personaje debía ser fuerte, representante del gladiador tenaz. Fue entonces cuando del baúl de los recuerdos se rescató al carpintero de *Nosotros los pobres* y *Ustedes los ricos*: *Pepe el Toro*, que se filmó durante los primeros días de diciembre de 1952. El reparto incluyó a Joaquín Cordero y Wolf Rubinski, figuras que comenzaban a destacar ante las cámaras. Además, por lógica, se volvió a contratar a Fredy Fernández, Evita Muñoz, Chachita, y a Fernando Soto, Mantequilla, para tratar de recuperar la atmósfera humilde de las anteriores aventuras de Pepe en medio de la pobreza y la desgracia.

Ismael comenzó por grabar en primer lugar las secuencias de combate en el cuadrilátero, pues, debido a su complejidad de movimiento, eran las que más le preocupaban. Su misión estaba muy clara: lograr transportar al espectador a una auténtica arena de combate. Con el entrenamiento de los actores y la disciplina impuesta por Rodríguez, se consiguió el efecto deseado.

Como lo relata en las siguientes notas el actor Joaquín Cordero, los entrenamientos estuvieron salpicados por distintas situaciones anecdóticas. Wolf Rubinski, al notar el ímpetu de Pedro durante su entrenamiento con dos boxeadores desconocidos, a quienes tiraba golpes muy fuertes, dedujo que quería demostrarles que él era la estrella de la película. Así que comenzó a narrarle, junto a Ismael y Joaquín, sus vivencias en el rudo deporte de la lucha libre. Cuando llegó al aspecto de la fortaleza atlética, se refirió a su cuello. Retó a Infante para que intentara bajarle la cabeza de modo que la barbilla le tocara el pecho. Sucedió algo curioso:

Pedro se adelantó y trató de jalarlo de la nuca, hacia abajo con su mano derecha, pero no pudo; Rubinski permaneció inalterable sin moverse. Entonces, Pedro trató de hacerlo con las dos manos, colgándose materialmente y haciendo palanca con el antebrazo sobre el pecho de Wolf y ni así pudo. Luego nos colgamos Pedro y yo, pero no logramos que cediera. Infante, quien no tuvo más remedio que aceptarlo con buen humor, «Tú eres como un compadre que tengo también muy pescuezón, pero él porque tiene bocio.»[10]

Continúa Cordero:

Cuando nos acabamos de poner los guantes, Ismael decidió que fuera yo el primero que pasara a entrenar con Pedro. Me puse en guardia y esperé a que iniciara las acciones. Él no esperó, me estudió un poco y luego soltó las manos pero en serio. Creí que al principio sólo serían golpes de tanteo, pero no fue así; de modo que me desconcertó un poco y retrocedí tres o cuatro pasos, lo suficiente para ir a darme en la cabeza con unos peldaños de la escalera de caracol que había en un rincón del gimnasio. Me pegué fuerte en la parte de atrás de la nuca, pero el golpe más que dolor me produjo una rabia incontenible. Mi primer impulso fue arremeter contra Pedro, molerlo a golpes, pero inmediatamente pensé en controlarme y evitar un incidente desagradable que podía costarme la película. Así que toda mi furia la concentré en mi defensa: no solté un solo golpe, simplemente endurecí de tal manera mis antebrazos, que todos los bombazos que me envió, se estrellaron sin poder penetrar mi guardia. Él sintió que no iba a poder agarrarme de pichón [...][11]

10. MEJÍA Ramírez, Gonzalo, *Op.cit*, p. 84.
11. *Íbidem*, pp.136-137.

Y sigue diciendo:

Hubo momentos de descanso en los que la charla se ponía interesante, con las anécdotas de Wolf y también de Pedro y contaba cosas que le habían pasado. No se me olvida una frase que dijo cuando Rubinski comentó: «Bueno, en realidad, ¿a quién le debes tu carrera, tu éxito, a Ismael en parte, no?» Pedro volteó a ver a Ismael, quien se hizo el disimulado, pensó un poco y luego contestó: «No le debo nada a nadie y le debo todo a todos». Se hizo un silencio que el actor rompió enseguida para abrazar (a) Ismael, diciendo: »Pero a este flaco lo quiero mucho». Y soltó una de sus magníficas carcajadas [...][12]

Y más adelante añade:

Cuando estuvimos arriba del ring, Pedro volvió a meter las manos con fuerza en los ensayos antes de entrar a cámara. Y eso para mí era una situación muy molesta porque, ¿qué podía hacer? Ni modo de enfrascarme en un cambio de golpes con él. Tampoco le podía decir que tuviera cuidado o que fuera más suave en marcar los golpes. Yo aguantaba, estaba tan fuerte como él, pero me caía gordo que estuviera tratando de demostrar no sé que cosa, de modo que en un momento le dije:

—Oye, estás ponchando demasiado, creo que con que marquemos los golpes es suficiente, ¿no?

Me miró sacándose el protector de la boca para contestar:

—¡Híjole mano! ¿Que estás manco o qué?

—¡No, claro que no estoy manco! Pero no puedo soltar golpes con tranquilidad porque no sé si la plaquita esa que te pusieron en la frente pueda resistir [...]

—¡Si me pegas ahí me matas, cabrón!

---

12. *Íbidem*, p.137.

Y redujo la impetuosidad del ataque [...] Muy pocas veces cruzamos palabras Pedro y yo: «No sabes lo importante que es para un actor que todavía no se coloca, actuar a tu lado, con admiración y respeto, porque sé lo que vales». Él se levantó de pronto y sin contestar nada fue a pararse frente a un ventanal como a tres metros de donde estábamos sentados con las manos en la cintura y dándome la espalda, como si no hubiera escuchado nada, en evidente actitud de majadería. De momento me quedé frío, casi humillado y me arrepentí con toda mi alma de haber abierto el hocico: «Te lo mereces —me dije—por sentimental e idiota». El resto de la filmación se desarrolló normalmente. Ya no intenté volver a abordarlo, ni para ponernos de acuerdo en las escenas que nos faltaban. Todas las hicimos a través de Ismael, que metido como siempre en su trabajo, nunca se percató de estos incidentes.[13]

Pepe el Toro ofreció excelentes resultados. El diseño de una nueva historia con el carpintero humilde y amoroso, protector de su familia, lo colocó una vez más en el gusto popular de la gente. Así, la preocupación de Rodríguez por encasillar a su artista exclusivo en este personaje, quedó olvidada. Es un material completamente distinto, en el que Chachita hereda la fortuna de su padre y abuela. La riqueza esta vez sonríe a los pobres como pago a sus desgracias anteriores. Sin embargo, ante el desconocimiento de las leyes, todo lo obtenido es de nueva cuenta arrebatado por arbitrariedades burocráticas. Pepe decide emprender con ayuda de su amigo, el boxeador Lalo Gallardo, un pequeño taller que lo conduzca al éxito empresarial. Una vez más, la mala suerte y la corrupción de las leyes mexicanas lo llevan a quedarse en la calle. Desesperado, entra en el negocio

---

13. *Íbidem*, pp.137-138.

de los puños con pésimos resultados al inicio, e incluso provoca la muerte de Lalo en un combate. Después de la grave depresión en la que lo sumen estos acontecimientos, emprende largas giras boxísticas para recuperar el dinero de la viuda de su amigo y darle a los suyos un buen nivel de vida. La eterna lucha del pobre por sobresalir es reflejada en el encordado. El hombre que ríe, sufre, llora y que parece que no va a encontrar salida a la adversidad, finalmente logra sobrevivir en una sociedad difícil para el desvalido.

La cinta fue estrenada hasta el 21 de agosto de 1953 en el cine Orfeón. Se hizo ganadora de los Guantes de Oro, un reconocimiento al arduo trabajo del director por realizar las mejores escenas de boxeo grabadas hasta entonces.

Curiosamente, Infante y Rodríguez no volverían a encontrarse en el marco laboral hasta diez películas después, lapso en el que Pedro trabajó para otros directores y casas fílmicas.

En 1952, las actividades de Pedro se incrementaron. En el cine realizó tres actuaciones especiales. En *Sí, mi vida*, Infante tiene una breve participación con fines comerciales para la empresa Fílmex S.A. Obviamente, al no poder incorporarlo siempre en un papel estelar, debido a lo apretado de su agenda, únicamente se le solicitaba una pequeña intervención. Aunque fuese un minuto a cuadro, se garantizaba el boleto pagado en la taquilla. En el caso de *Había una vez un marido*, nuevamente para Filmex S.A., aparece por espacio de dos minutos y medio, solo para interpretar el tema de José Alfredo Jiménez, *Esta noche*. Vale la pena verlo actuar interpretándose a sí mismo, un cantante despistado que se confunde de película. Bastante cómica la forma en que interactúa con los otros personajes. Sobresale la manera innata en que Infante sabía fotografiar a cuadro para derrochar carisma.

El 2 de noviembre, participó en el espacio televisivo de variedades *Alcancía musical*. En esa ocasión lo acompañó el trío Los Yucas, la orquesta de Ismael Díaz y el Mariachi Vargas. Alternó por espacio de media hora en el Canal 2. Lo más sobresaliente de ese año fue su presentación en el teatro Lírico, junto a Jorge Negrete, con un programa esperado por los seguidores de ambos.

Pedro reiteró su admiración y respeto por Negrete. Siempre le tuvo una simpatía nunca antes vista, demostrándosela incluso por medio de obsequios.

Infante continuaba el reconocimiento a través de sus declaraciones a la prensa, que exaltaban el lado humano de Jorge: «Qué gran compañero es, lo mismo en el teatro, que en el set cinematográfico; su gallardía y nobleza son excepcionales. Siempre que cantamos a dúo, él baja la voz para que la mía luzca, ustedes saben que él es un gran barítono, mientras que yo sólo tengo una voz muy pequeña» [...]»[14]

Por su parte, Jorge Negrete atravesaba quizá la etapa más delicada de su vida: padecía intensos dolores hepáticos que lo postraban. Pese a las complicaciones de su salud, pudo terminar la temporada en el Lírico. El público, sin imaginar la enfermedad del Charro Cantor, aglomeraba las taquillas en busca de un boleto.

«Sobre el escenario, el duelo evocaba la rivalidad de *Dos tipos de cuidado*: Jorge abría en grande, cantando *Carta de amor.*»[15]

El dúo fue un éxito descomunal. Las presentaciones en el teatro se extendían, la asistencia del público no decrecía. Para ese 12 de diciembre de 1952, se realizó un número especial con motivo de los festejos de las apariciones de la Virgen de Guadalupe a

---

14. MEJÍA Ramírez, Gonzalo, *Op.cit*, p.87.
15. GARCÍA, Gustavo, *No me parezco a nadie (La vida de Pedro Infante)*, Tomo II, *Op.cit*, p. 44.

Juan Diego. Se construyó un altar a manera de escenografía, ante el cual ambos charros debían interpretar un tema de la inspiración del maestro Manuel Esperón: *La cara de la Virgen*. Como este era muy extenso, se les pidió que memorizaran todos los párrafos sin errores, para hacer una estupenda ejecución. Los Dos Tipos de Cuidado le aseguraron a Esperón que no habría ninguna dificultad. El día del estreno, ocurrió lo siguiente:

«Pedro su pedacito, muy bien; canta Jorge el suyo, muy bien. Empieza el dúo y, ¡se les olvida la letra a los dos!»[16]

Y sigue:

Pedro, se agachó a la concha del apuntador: «¡Presta mano!» Sacó la letra y se puso a leerla. A la gente como que no le gustó. Y Negrete para no ser menos que aquel, lo mismo. —«A ver, préstamelo». Y luego se ponen a cantar los dos, y ahí la gente ya se descompuso. Se les echó encima, los abuchearon. Se trataba de la Virgen de Guadalupe y aquello era un choteo. Terminó todo en medio del escándalo.[17]

Tras la reprimenda de Esperón y la amenaza de abandonar la producción en el Lírico, dejándoles en el mejor de los ridículos, ambos cantantes ahora sí memorizaron la letra para la segunda función. Esta vez, en lugar de rechiflas, hubo aplausos.

El 16 de enero de 1953, Infante acudió a su compañía de discos para poner voz en las canciones: *¿Qué pasa compadre?, Ni por favor, Mi aventura, Por si me olvidas, Que me toquen las golondrinas* y *Entre copa y copa*. Dos meses después procesó otro disco que incluyó los cortes: *¿Qué te pasa corazón?, Mira nada más, Canto del bracero, Di que no, Siete leguas, Qué tanto es tantito, Mi tenampa* y *Qué manera de perder*.

16. *Íbidem*, p. 46.
17. *Íbidem*.

Por su parte, la casa productora Tele Voz S.A., bajo la dirección de Emilio Fernández, filmó a partir del 2 de marzo de 1953, *Reportaje,* una serie de historias, protagonizada por las más famosas estrellas del momento: Pedro Infante, Carmen Sevilla, Manolo Fábregas, Domingo Soler y Miguel Arenas, entre otros. Su papel en esta producción fue más sobresaliente que en las anteriores películas. Este material se realizó a beneficio de los Periodistas Cinematográficos Asociados. Pedro, interviene en un capítulo casi profético. Un sacerdote es advertido por un señor de mirada misteriosa, que un hombre moribundo necesita confesión. Decidido, se dirige al domicilio que le ha informado para llevarse una sorpresa: el supuesto enfermo se encuentra celebrando una fiesta para anunciar su compromiso matrimonial con una hermosa mujer (Carmen Sevilla). El anfitrión conversa con el religioso del inexplicable suceso y descubren por una fotografía, que el enigmático emisario era en realidad su padre. Lo macabro del hecho es que ese señor había fallecido en un accidente aéreo años atrás. Dada la naturaleza del extraño suceso, el hombre decide confesarse.

A principios de abril de 1953, Pedro comenzó a filmar *Gitana tenías que ser* al lado de Carmen Sevilla, con quien ya había compartido escena. El argumento fue elaborado por Luis Alcoriza para ofrecerlo a la productora Filmex S.A. La historia, dirigida por Rafael Baledón, es peculiar: el integrante de un mariachi, un cantante humilde de pueblo, es convencido para participar en una película de gran presupuesto que, a su vez, le abre las puertas del estrellato a una actriz española de renombre. La pareja de actores atraviesa por diversas dificultades para realizar la cinta, debido a su temperamento.

Es una divertida comedia en la cual se hace especial énfasis en el choque de nacionalidades y costumbres de los protagonistas, pero también se exalta la humildad y sencillez de un Pedro provinciano; una forma de homenajear su origen auténtico, al tiempo de evidenciar lo complejo y caótico que resultaba la subsistencia de la industria cinematográfica.

Pastora de los Reyes considera a Pablo Mendoza un hombre prepotente, majadero y falto de educación y principios. Desde el momento que lo conoce en el aeropuerto, la apatía por Pablo crece a medida que curiosamente su relación se hace más profunda en los foros de grabación y locaciones. Sin embargo, finalmente el amor, responsable de estas actitudes, une a la pareja llevándolos a un idilio más allá de las pantallas.

El artista ya era referencia obligada en otros medios. En octubre de ese año, Radio Sinfonola inauguró oficialmente La Hora de Pedro Infante. El núcleo Radio Mil, decidió homenajear a quien consideraba uno de los mejores cantantes del momento, programando en horario de ocho a nueve de la mañana lo mejor de su catálogo musical hasta ese entonces.

Dos meses después, falleció Jorge Negrete en la ciudad de Los Ángeles, debido a la hepatitis. Fue internado en el hospital Cedros del Líbano, hasta donde llegó su esposa María Félix, quien aún lo encontró con vida. Su cuerpo fue trasladado a la Ciudad de México con todos los honores merecidos por su trayectoria, en donde lo recibió un cortejo fúnebre, encabezado por Pedro y sus amigos del Escuadrón de Tránsito. Como última morada: el Panteón Jardín. Jorge fue considerado el mejor representante sindical de la Asociación Nacional de Actores y cosechó grandes amistades, y perdió todo su dinero, pues se asegura, que fue un líder con visión humana. Los medios lo describieron así:

«La primera gran estrella de México, que tuvo grandes triunfos a nivel (sic) internacional, surcó el cielo remontando el arcano para no retornar jamás.»[18]

---

18. MEJÍA Ramírez, Gonzalo, *Op.cit*, p.90.

En enero de 1954, Pedro atendió la petición para una entrevista del reportero Roberto Ayala, del semanario *Selecciones musicales*. En el transcurso de la misma, fue bastante precavido para no comprometer su vida privada, la cual ya se encontraba en constantes escándalos. Respondió lo que mejor le parecía, sin dejar de lado su sencillez habitual:

— ¿Cuál es su nombre completo?

— Pedro Infante Cruz.

—¿Le gustan las mujeres altas o bajitas?

—Me es indiferente.

—¿Le gusta llevar serenatas?

—Sí, cuando mis amigos me lo piden, por interés propio no.

—¿Las prefiere rubias o morenas?

—Todas las mujeres son bonitas.

—¿Las que usan trenzas?

—También son hermosas no cabe duda.

—¿Es mejor que usen falda larga o corta?

—Es igual, eternamente igual.

—¿Cuál es la mejor edad de la mujer?

—La mujer es atractiva a los quince, a los treinta, a los cuarenta, a los cincuenta (años) de edad.

—¿Alguna vez ha cantado por dolor de amor?

—No, nunca.

—¿Alguna vez ha cantado por decepción?

—Qué va hombre.

—¿Pedro Infante perdona la mentira en la mujer?

—Sí desde luego que sí.

—¿Cuál es el nombre de su primer novia?

—María.

—¿Le gustan más las tapatías, las jarochas, las tehuanas o las norteñas?

—Me da lo mismo; todas son mujeres y todas son mexicanas.

—¿Las mujeres deben usar la liga arriba o abajo de la rodilla?

—Pues donde la sientan mejor.

—¿Cuál es su canción favorita?

—En música, como en mujeres todo es bonito.

—¿Quién le ha enseñado lo que sabe de guitarra?

—Nadie.

—¿Su profesor de canto?

—Nunca tuve.

—¿Ha compuesto alguna canción?

—Ninguna.

—¿De los tríos conocidos, cuál le gusta más?

—Todos hasta los más modestos.

—¿Prefiere que lo acompañe una orquesta o un grupo de mariachis?

—Mariachis, mariachis.

—¿Qué tanto sabe de música?

—Nada más lo necesario para salir adelante en mi trabajo.

—¿Qué disco le gusta más?

—De los míos ninguno, de los demás todos.

—¿Prefiere la buena mesa a los antojitos mexicanos?

—Es mejor la comida casera.

—¿Su platillo favorito?

—Los frijoles.

—¿Toma tequila, ron, cerveza, pulque o refrescos?

—De todo un poco con moderación.

—¿Fuma puros o cigarros?

—Cigarros, unos diez al día.

—¿Cuántos cobertores usa en su cama?

—Ninguno, duermo destapado.

—¿Una sola almohada o dos?

—Una. Con esa es suficiente.

—¿Se baña con agua fría o caliente?

—Con las dos, primero caliente y después un duchazo de fría.

—¿Pedro Infante es de barba cerrada?

—Sí.

—¿Se rasura personalmente?

—Sí todos los días.

—¿Cuántas personas forman la servidumbre a su servicio?

—Cuatro, con eso basta.

—¿Infante va al cine como un espectador?

—No, nunca voy al cine.

—¿Qué deporte prefiere?

—Box, lucha, natación y automovilismo.

—¿Su artista favorito?

—Admiro a todos mis compañeros.

—¿[…] Qué beisbolista es su ídolo?

—Nunca voy al beisbol.

—¿Es partidario de qué torero?

—No sé nada de toros.

—Casarín, Labruna, Lángara, quién es el mejor

—Sé que son grandes futbolistas pero no entiendo ni papa de futbol.

—¿De los músicos y compositores conocidos?

—Lara, ni hablar, es muy grande ese jarocho.

—¿Le gusta o le gustó hacer versos?

—Nunca tuve capacidad para ello.

—¿Cuando prueba el cariño que le tiene el público, qué siente?

—Experimento la satisfacción más grande del mundo.

—¿Cómo responde cuando lo asedia hasta el máximo todo el público?

—Es mi obligación atender lo mismo a mujeres y a hombres

que a niños y ancianos.

—¿Durante qué tiempo ha tenido que firmar autógrafos?

—Durante más de tres horas.

—¿Dónde le dieron muestras más contundentes de admiración?

—En todas partes ha sido igual y eso lo agradezco con toda sinceridad.

—¿Cuántas cartas recibió alguna vez?

—¡Uuuuuuuuuh!

—¿El día que trabajó más, qué hizo?

—Radio, cine, teatro y grabación de discos. Ese día estuve feliz.

—¿Era malo para las canicas?

—Malo.

—¿Y para el trompo?

—También era malo, pero los hacía muy buenos con espiga de tope, al fin carpintero.

—¿Pintaba venado?

—No, yo no fui a la escuela.

—¿De qué color le gusta su ropa interior?

—Blanca.

—¿Los calcetines lisos o de fantasía?

—Lisos.

—¿Zapatos de qué número usa?

—Del 27 y medio.

—¿Prefiere botines o choclos?

—Botines.

—¿Le gusta llevar sombrero?

—Sí, de petate.

—¿Le gusta usar corbata?

—No, no por favor.

—¿Prefiere sus camisas de qué color?

—Blancas.

—¿A qué hora se acuesta?

—Seis de la tarde cuando se puede.

—¿Cuándo montó a caballo por primera vez?

—A la edad de cinco años y en pelo.

-¿Le gusta coleccionar algo?

—Amigos.

—¿Lee Pepín o el Chamaco?

—Los dos.

—¿Juega lotería?

—No.

—¿Quién era su ídolo hace veinte años?

—Tom Mix, ¡qué bárbaro!

—¿Alguna particularidad en su persona?

—Enamorado.

—¿Usa automóvil y de qué modelo?

—El modelo es lo de menos, me conformo con tenerlo.

—¿Tiene Pedro Infante aptitudes para los negocios?

—No.

—¿De no ser artista qué quisiera ser?

—Si me hubiera sido posible, hubiera estudiado para médico.

—¿Qué hay de la motocicleta?

—Ahí afuera la tengo esperándome.

—¿Y del avión?

—Le sigo todavía y lo tengo también.

—¿Cuánto vale su casa?

—Cuando esté terminada habré invertido en ella dos millones de pesos.

—¿El mayor y el menor sueldo que haya recibido?

—El mayor no lo recuerdo de momento, pero el menor nunca podré olvidarme, doce pesos cada tercer día, allá por 1939.

—Ahora que las mujeres pueden votar, no faltará quien se fije en usted para la cosa política

—No tengo aspiraciones políticas de ninguna clase.

—¿Blanca Estela Pavón?

—Con todo cariño y con toda sinceridad, puedo decir que además de haber sido una gran artista fue una gran compañera.

—¿Jorge Negrete?

—Todos sabemos que fue un gran artista de categoría indiscutible, nos quisimos como hermanos y lo admiré por siempre porque era un hombre íntegro, recio y sincero.

—¿Cuántos años quisiera vivir?

—Los que Dios quiera, nada más.

—¿Alguna vez soñó con llegar a ser lo que es?

—No soy nada, esa es la verdad.

—¿Qué es lo que Pedro Infante desea actualmente?

—Un mejoramiento general del cine mexicano, para beneficio del país, de la industria y de mis compañeros. Para la feliz consecuencia del ideal, ya estoy poniendo mi modesta cooperación en forma incondicional, pues por México y por los mexicanos.[19]

Entre marzo y abril de 1954, Pedro filmó *Cuidado con el amor* y *El mil amores*, las cuales se estrenaron con un mes de diferencia: en noviembre y diciembre del mismo año. Esto habla de la rapidez con que Pedro realizaba sus trabajos en los foros.

En *Cuidado con el amor,* alternó con Elsa Aguirre, quien interpretó el papel de Ana María, pareja de Salvador, joven que decide emprender un viaje para conocer más el mundo y sus misterios. Su padre, al comprender esta determinación, lo apoya,

---

19. *Íbidem*, pp. 90-97.

no sin antes darle una carta dirigida a sus viejos amigos para encomendarles a su primogénito, indicándoles que lo ayuden en todo lo posible en nombre de la amistad que los une. Después de encontrar a dichos camaradas, la dupla comienza a recorrer el pueblo para adiestrar al muchacho en diversos menesteres: la botella, la baraja, la guitarra y la mujer. Aunque la compañía femenina está reservada para el último lugar, de acuerdo a las indicaciones de sus amigos, la sola presencia de Ana María lo hace sentirse lejano y malhumorado.

Tras una apuesta en la que el padre de la chica pierde todo cuanto tiene, les vende las escrituras de su casa al peculiar trío. A primera vista no representa ganancia alguna por estar hipotecada, sin embargo, Serafín (Piporro), sabe que en el inmueble hay enterrado un tesoro. Desesperados y con nerviosismo, los amigos comienzan a explorar la casa para lograr el hallazgo. Mientras tanto, Chava se enamora de Ana, pero la indiferencia de la joven lo pone al borde de los celos. Los días avanzan entre discusiones y peleas de la pareja y la lucha de sus compadres por encontrar el tesoro. Desesperados porque la fecha de la hipoteca del inmueble se acerca, deciden colocar dinamita para dar pronto con el dinero. El resultado de la explosión, que destruye parte de la casa, es la aparición de una olla llena de centenarios. El hecho de que Chava ahora sea un hombre rico, no es impedimento para que él y Ana sean felices.

Con la película *El mil amores,* Pedro se había estrenado como hombre de negocios al fundar junto a su representante, Antonio Matouk, una casa productora, la cual curiosamente llevaba el nombre de Matouk Films S.A. Tal vez hubiese sido más atractivo el nombre de Infante Films S.A, para atraer la firma de diversos directores y actores.

Como haya sido, en el melodrama de su compañía, Carmen (Rosita Quintana) es una madre soltera que asume la responsabilidad de darle una buena educación a su hija. Como jamás contó con el apoyo de su pareja, el cual la había abandonado por el juego y otras mujeres, decide vender su casa para disponer de un capital en el cual apoyarse. Bibiano Villarreal (Infante) es la persona que adquiere el inmueble. La personalidad de este hombre es la de un ranchero de buen corazón y sentimientos honestos. En la escuela de su hija, las profesoras se encuentran extrañadas de que el padre de Patricia nunca se presente para saber nada de la chica. Carmen enfrenta una situación comprometedora. Desesperada, pide ayuda a Bibiano; le pide que finja ser su marido: un gallardo capitán de la marina. Puestos de acuerdo, llevan la farsa adelante, a tal extremo que Patricia también se la cree. La madre de la prometida de Bibiano complica la situación. Para salir del apuro, Carmen adopta la personalidad de su hermana. Libres de sospechas por ambas partes, la pareja está a punto de continuar sus vidas. Aunque, de la forma más inocente, el romance nace en ellos, formando así una verdadera familia. Como dato curioso hay que destacar que en Argentina la película se exhibió con el nombre de *El tercer beso*.

El personaje de Infante es aquel hombre inspirado en los perfiles filantrópicos vaya que el propio artista practicó en vida. Ser generoso, amistoso y comprometido con las causas nobles, eran algunos de sus rasgos como persona. Así el público comprobaría que Pedro Infante era un ser humano similar a todos los personajes que interpretaba en sus cintas. Lo cierto es que el de Mazatlán ganó el cariño de su gente, con quien logró un alto grado de identificación.

Para entonces, Pedro se cotizaba muy bien y percibía un salario de aproximadamente trescientos cincuenta mil pesos por película, con un porcentaje extra de lo obtenido en taquilla. Se filtró a la prensa que las ofertas monetarias para que participara en palenques o en presentaciones privadas iban de veinticinco hasta treinta y tres mil dólares.

En junio de ese año filmó para Diana S.A., *Escuela de vagabundos*, donde alternó con Miroslava Stern y Anabel Gutiérrez, en una historia poco usual pero entretenida, donde hace gala de picardía y astucia en su interpretación del tema *Nana Pancha*.

El papel de Infante estereotipa al aparente hombre pobre y sin futuro, que no encuentra más que sufrimiento y soledad en las calles. José Alberto Medina, disfrazado de vagabundo, llega a una rica mansión para solicitar el uso del teléfono, después de que ha sufrido un percance. Es confundido por la dueña de la casa, una excéntrica demente, como un pobre de las calles y lo emplea como chofer. Nadie se da cuenta de que Medina es en realidad un afamado compositor. Su picardía y nobleza lo llevan a ganarse la simpatía de los sirvientes, al igual que el odio y el coraje de uno en especial. Su mayor logro al ingresar en aquel hogar es, sin duda, enamorarse y ser correspondido por Susy (Miroslava), quien en un principio se muestra apática ante su procedencia. Con el tiempo, cede, sin importarle la condición social de Alberto, aunque al final descubre su procedencia en un periódico que anuncia su muerte.

El mensaje es un tanto exagerado, debido a que se alimenta la idea de que el pobre siempre logra alcanzar sus metas y sueños, no importando la magnitud de los mismos. El espectador de estas producciones se acostumbró a disfrutar de la mezcla: ficción y realidad que se respiraba en las cintas de Pedro Infante. Aunque sabía que estaban un tanto fuera de lo cotidiano, las preferían por encima de las demás.

La cinta tuvo un alto reconocimiento de los medios, debido al buen balance del reparto. Permaneció hasta dieciséis semanas consecutivas en cartelera en el cine Mariscala, convirtiéndose en un clásico en otros países.

Para su siguiente trabajo en *La vida no vale nada*, dio vida a un provinciano ambulante, que a causa de su alcoholismo no aspira a metas ni propósitos. La melancolía lo agobia al extremo y siente una permanente insatisfacción ante las situaciones estables que se le presentan. Llega a tal punto que rechaza la felicidad que le ofrece una buena mujer.

Por esta actuación, Pedro es nominado nuevamente en la terna del Ariel. Aunque esto ya no parecía entusiasmarle. Le habían negado la estatuilla en anteriores ocasiones por su participación en *Cuando lloran los valientes, Los tres huastecos, Sobre las olas, La oveja negra* y *No desearás la mujer de tu hijo*. ¿Por qué cambiarían de parecer en esta ocasión? Aunque la crítica lo ubicaba como buen actor, a veces sus cintas no interesaban a los críticos ni se le tomaba en cuenta. Tal vez, su pecado era pertenecer a una condición muy humilde o bien, la «calidad» de sus películas no era suficiente.

Para la realización de este material, se requirió de un ajuste en el guión para proyectar a un ser de contrastes, propenso por su alcoholismo, a la melancolía y al sentimiento de fuga. *La vida no vale nada*, de igual forma, se realizó con otra productora: Tepeyac S.A. La explicación más lógica era que Matouk Films S.A., apenas comenzaba a llegar al grado competitivo de las casas cinematográficas. Este material llegó a recaudar la cantidad aproximada de sesenta y tres mil pesos en su primera semana de estreno en el cine Metropólitan, el 4 de mayo de 1955.

Con ese panorama llegó el turno para Alianza Cinematográfica S.A., quien produjo bajo la dirección de Julián Soler y Alfredo B. Cerevenna, *Pueblo, canto y esperanza*. Se filmó a partir del 30 de agosto de 1954. En el elenco aparecían Rita Macedo, Charles Rooner, Armando Velasco, José Muñoz, Julio Ahuet y Chel López. El proyecto fue un intento por resaltar el folklore de tres países latinoamericanos: Cuba, México y Colombia; por lo que se realizaron para cada muestra una historia de tipo local. La participación de Pedro se limitó a un relato de honor y amor en donde resaltan sus cualidades interpretativas.

El 23 de octubre de 1954, Pedro participó en un Maratón televisivo, con la finalidad de recaudar dinero para las obras de remodelación de la Basílica de Guadalupe. Aquella producción mantuvo despierto a Infante desde las nueve de la noche, hasta las doce y media de la madrugada del 25 de octubre.

Se había divorciado ilegítimamente de María Luisa en 1951, para después contraer nupcias con la actriz Irma Dorantes en marzo de 1953. Las fotos del nuevo matrimonio se publicaron de inmediato. Empezó la comidilla; vino entonces la guerra de declaraciones. La Suprema Corte de Justicia falló a favor de María Luisa, quien exigió la anulación del matrimonio Infante-Dorantes; Irma por su parte, consiguió un amparo por ser menor de edad.

Pese a este escándalo, hubo una especie de tregua. Pedro mantenía su carisma y popularidad. Por eso, su intervención en la caridad guadalupana fue de gran ayuda. El lugar donde se realizaron las operaciones del canal 4 XHTV, fue el piso número tres del antiguo edificio de la Lotería Nacional. Gracias al patronato formado por los señores Luis Legorreta y Jorge G. Prieto; junto con el señor Emilio Azcárraga Vidaurreta y el gerente del Canal 4, Rómulo O´ Farril *Jr*, pudo concretarse esta hazaña. Hasta aquel sitio se dio cita el mundo de la farándula y los deportes: los hermanos Soler, Amanda del Llano; Mario Moreno, Cantinflas; Luis Aguilar, Elsa Aguirre, Sara García, Joaquín Pardavé, Raúl Ratón Macías, el legendario Enmascarado de Plata, el Santo y su pareja en la lucha, Gori Guerrero, por citar algunos. Cada uno de ellos aportó una cantidad considerable, al igual que las personas que llamaban al estudio para dar su donativo. Pedro

Infante donó su sombrero de charro bordado con hilos dorados, para ser subastado. La transmisión duró aproximadamente treinta horas, tiempo en el que Pedro interactuó con su público y compañeros. La cantidad recaudada fue un millón quinientos mil pesos.

Mientras tanto su casa productora, deseosa de reconocimiento, capitalizó la buena estrella del artista para diseñarle un personaje a la medida; un héroe justiciero, preocupado por el bienestar de los más necesitados a costa de cualquier interés personal.

La argumentista Aurora Brillos del Moral proporcionó los lineamientos necesarios del nuevo protagónico. Este, llevaría por nombre Juan Menchaca, un auténtico prototipo de caudillo revolucionario. Se reunió a un equipo creativo de primer orden: dirección de Vicente Oroná, fotografía de Agustín Jiménez, escenografía de Ramón Rodríguez y música de Manuel Esperón. De igual modo, se contrató a Lilia Prado, experimentada compañera de reparto de Infante.

Era el momento de crear un filme de taquilla, así que se apostó todo. No dejó de llamar la atención un nuevo talento que asomaba en el terreno fílmico: Angélica María, Florecita, la dulce niña que acaparó la atención del público gracias a que, como solía decirle Pedro, al igual que él, «besaban con la mirada». Por su parte, la actriz Ana Bertha Lepe, dio vida a Rosa María, personaje que hizo aún más interesante para el público la cinta, pues había recibido apenas ese año el título de *Miss* México y el cuarto lugar en el concurso de *Miss* Universo.

La cinta era un anzuelo de éxito. Tenía la personalidad de un héroe justiciero, defensor de los humildes e implacable con los corruptos terratenientes. Juan Menchaca y sus Gavilanes recorren la zona y hacen valer la justicia, que ha sido violada por las propias autoridades al ponerse del lado de los ricos y poderosos. Roberto (Ángel Infante), hijo del cacique Don Bernardo, propicia el suicidio de la novia de Menchaca, huye del pueblo y años después regresa para contraer matrimonio con Rosaura. En venganza, Juan la secuestra y la lleva a su guarida.

Temerosa y algo escéptica por la forma cómo los Gavilanes exponen su vida, la joven paulatinamente se involucra en las costumbres de estos justicieros, hasta enamorarse de Menchaca. Acosados por las fuerzas federales, el héroe vestido muy al estilo del Zorro (todo de negro con una máscara), emprende sus últimas acciones en favor de los pobres.

Florecita (Angélica María) es una niña que ha quedado huérfana. Gracias al cariño de Juan se integra al grupo como hija adoptiva. Tras una enfermedad que la pone al borde de la muerte, los cariños de Rosaura seducen la imagen paternal de Juan. Un secreto flota en la trama de la historia: Juan y Antonio son medios hermanos. La confesión de la madre, la cual había callado por una promesa hecha a su esposo moribundo, da un giro a la vida del intrépido héroe. Finalmente, la justicia atrapa al Robin Hood mexicano, no sin que le prometan que será juzgado de forma honesta y apegada a las leyes. Por su parte, Antonio también confiesa su crimen y decide pagar ante la justicia. La captura del valiente trae como resultado la promesa del señor cacique de no continuar con la serie de injusticias; ahora ayudará desinteresadamente a sus habitantes.

Los Gavilanes debutó el 10 de febrero de 1956 en los cines México y Mariscala. Por este trabajo, Pedro cobró la cantidad de cuatrocientos cincuenta mil pesos, lo que lo convertía en el actor mejor pagado de aquella época.

Pedro cerraba así el año de 1954, entre escándalos, presentaciones y un total de veintidós canciones grabadas. Sus éxitos más sonados en la radio fueron: *Flor sin retoño, Mi amigo el mar, Muy despacito, Yo te quise, Tres consejos, Divino tormento, Paloma dé-*

jame ir, La calandria, Tres días, Luna de octubre, Llegaste tarde, El tren sin pasajeros, Un mundo raro y *Cuando sale la luna.*

Desde su participación en la película de Miguel Zacarías, *Ansiedad,* la actriz Libertad Lamarque no había vuelto a alternar con Pedro. La oportunidad de reunirse nuevamente en la pantalla grande fue recibida con agrado por ambos artistas. Zacarías les presentó el guión de *Escuela de música.* La filmación dio inicio el 20 de enero de 1955. Los papeles secundarios fueron repartidos entre Luis Aldás, Georgina Barragán, María Chacón, Eulalio González, Piporro y Humberto Rodríguez. La producción fue un tanto compleja, pues había que formar cuadros musicales para enlazarlos con la trama; además, tenían el especial atractivo de ser procesados a color.

Para adiestrar a las jóvenes integrantes de la orquesta de Laura Galván fue necesario enseñarles la simulación del manejo en los instrumentos. La tarea corrió a cargo del mismo Pedro, que realizó las funciones de ayudante de director, lo cual no tenía por qué parecer extraño, debido a que tocaba casi todos los instrumentos.

Las grabaciones se realizaron paulatinamente de manera ordenada y profesional. El hecho que vino a perturbar la calma en la producción fue la muerte del señor Delfino Infante. Tiempo atrás, durante un reconocimiento médico, se le había detectado un padecimiento cardiaco. El 17 de marzo de 1955, un infarto terminó con su vida, a pesar de que se le había mantenido bajo atención especial y en hospitalización.

Las pérdidas de seres queridos no sólo afectaban la vida de Pedro, sino su carrera: seis años atrás había perdido a Blanca Estela Pavón, su mejor pareja cinematográfica; en 1953 la muerte de Negrete, su gran y admirado amigo, lo había dejado como la figura central de la industria cinematográfica y disquera; y ahora quedaba a la cabeza de una familia que todos se encargaban de aumentar y, por si fuera poco, perdía Pedro a su primer maestro en el mundo de la música, que ahí terminaba una vida de errancia (sic).[20]

Después del sepelio y haciendo uso de su fuerza espiritual y profesionalismo, se reincorporó al trabajo. Finalmente era el sostén de una gran familia que cada día resultaba más costosa. El actor regresó a terminar las grabaciones a lado de Lamarque, quien dio vida a Laura Galván, cuya orquesta femenina viaja de manera constante en busca de una oportunidad en el mundo del espectáculo. En una de tantas travesías, se encuentra con Javier Prado, otro artista que posee una buena voz y dotes esenciales en el mundo de la música, pero que en realidad se siente atraído por la belleza de una de sus integrantes.

Los conflictos de la pareja comienzan cuando ellos tienen que alternar en el escenario y compartir no solo las relaciones de trabajo, sino también aspectos de su propia vida. La rivalidad que se monta en escena trasciende a niveles personales y se llega hasta las mofas e insultos. Dicha incompatibilidad de personalidades concluye en una fuerte relación que une a los protagonistas en los aspectos sentimental y laboral, como si fueran dos alegres compadres, o bien, suegra y yerno.

Escuela de música, a diferencia de las películas tradicionales de Pedro, concluye con una serie de cortes musicales que se prolongan hasta veinte minutos.

Esta parte de la cinta, trata de mostrar la calidad de voz, tanto de Pedro como de Lamarque. En todos ellos resalta una coreografía visual muy bien coordinada. Esta fue la última vez que, la Dama del Tango, trabajó con Pedro Infante, por lo que fue una película muy especial para la actriz argentina. *Escuela de música* se estrenó el 12 de octubre de ese año en el cine Palacio Chino.

20. GARCÍA, Gustavo, *No me parezco a nadie (La vida de Pedro Infante),* Clío, Singapur, 1994, Tomo III, p. 18.

El 27 de marzo del mismo año, nació Irma Infante Aguirre, hija de Pedro y que enloqueció de alegría . Una excelente noticia, si se tienen cuenta la cadena de sucesos trágicos que lo perseguían en su vida privada.

Mientras tanto, el primero de abril, Pedro se involucró en su nueva película, *La tercera palabra*; en la que compartió créditos una vez más con Marga López, Sara García, Prudencia Griffel, Rodolfo Landa, Miguel Ángel Ferriz, Emma Roldán, Eduardo Alcaraz y Antonio Bravo.

Para Pablo Saldaña la vida se respira entre las fieras de las montañas, la cacería y el contacto con la naturaleza. En ese ambiente en el que se ha educado desde pequeño; no necesita la civilización. Su padre, que lo alejó del dolor y el sufrimiento que el mundo ocasiona, principalmente por la traición de las mujeres, lo dejó al morir, bajo la mirada cariñosa de sus abuelas. La existencia de una herencia obliga a estas ancianas a buscar la manera de transformar el comportamiento de Pablo y volverlo parte de la sociedad o, de lo contrario, perderá todos sus derechos sobre la fortuna de su padre. Para lograr tal objetivo, contratan a una maestra de la ciudad para que enseñe al «niño» las primeras letras y lo vuelva un hombre de provecho.

Margarita Luján es la docente encargada de lograr el milagro, y aunque en un principio decide huir por temor al «salvaje», el reto de lograr una metamorfosis plena, la lleva a trabajar con él. Sin embargo, las cosas no serán del todo sencillas y la mejor prueba de ello será la actitud tan obstinada del «salvaje». Un *complot* tramado por un antiguo novio de Margarita, pretende despojar a Pablo de todo su dinero y hacerlo parecer un inadaptado social. El plan para llevar a cabo estas acciones se realiza una noche en que se presentan la familia del joven, así como un médico especialista de enfermedades mentales con el fin de hacer un veredicto final. Al verse acosado por preguntas y palabras que lo tachan de loco, Pablo estalla en cólera y se enfrasca en una pelea con el ex novio de su maestra, el cual lo tacha de demente y exige su internación en una clínica mental. Para sorpresa de los ahí presentes, el galeno da su fallo a favor de Pablo, argumentando que quieren despojarlo de lo suyo y él solamente se defiende, lo que es una reacción totalmente humana y sensata.

Pablo piensa que Margarita se ha burlado de sus sentimientos, por lo que la corre de la casa, aunque se ha enamorado de ella. Las abuelas le hacen ver su error y le insisten para que no la deje ir, pues saben que es la mujer de su vida; además, está esperando un hijo suyo. La reconciliación es el resultado de esta historia, en donde *La tercera palabra* significaba «amor.»

Dos meses después, grabó para Matouk Films, su casa productora, la producción titulada *El inocente*. Alternó en el estelar con Silvia Pinal, como su pareja, y con Sara García, Antonio Bravo, Félix González, Pedro de Aguillón y el Trío Samperio como los mecánicos amigos de Cutberto, un mecánico de coches / automotor, que además de conocer los secretos de los pistones y bujías, sabe de canto y baile.

Todo comienza con la descompostura en el automóvil de la señorita Mané (Silvia Pinal), que propicia el encuentro de ambos personajes. La dama de alta sociedad olvida por completo su condición social e invita al muchacho a celebrar el año nuevo en su residencia. Entre brindis y abrazos, la noche se les va rápidamente y la borrachera es su principal cómplice. Sin darse cuenta, la pareja termina en la alcoba profundamente dormida. La sorpresa de los padres de Mané (Sara García y Óscar Ortiz) es mayúscula cuando encuentran a su hija a lado de Cutberto o Cruci, así que los gritos de «horror» no se hacen esperar.

Para cubrir las apariencias ante la sociedad, se planea una boda relámpago en la que se le da una nueva identidad al joven. La pareja inicia su Luna de Miel en un clima de enredos, discusiones y celos, pues a pesar de que ambos fueron obligados a contraer nupcias, en el fondo existe un cariño auténtico.Las humillaciones por parte de su nueva familia, hacen que Cruci abandone a Mané y vuelva a su taller mecánico en donde verdaderamente es feliz. Ante el temor de la soledad, la chica decide buscar a su esposo y ofrecerle una disculpa, porque ante todo está convencida de que lo ama. Esta cinta fue aceptada por el público de manera grata y hasta la fecha los comentarios son favorables.

Debido a su pasión por el vuelo, Pedro se asoció con una compañía aérea de tipo mercantil: TAMSA. En dicha empresa Infante se entretenía volando aviones de carga en las pistas. Ello le sirvió como distracción y esparcimiento. En los meses de octubre y noviembre emprendió una gira por los Estados Unidos, en la que llevó un repertorio nuevo e impactante. Allá estrenó una de las canciones de José Alfredo Jiménez, que ya comenzaba a ser éxito: *Un mundo raro* y que se había liberado en la radio el 30 de mayo de 1955, pero que estaba grabada en Peerless desde el 4 de septiembre del año anterior. Durante su estancia, ofreció entrevistas a medios especializados, incluyendo la que sería su última charla radiofónica para el periodista, Armando del Moral, en el camerino del teatro Million Dollar, de los Ángeles, California:

—Y de nuevo en el programa de Visita con las Estrellas, hoy estamos visitando al ídolo de los públicos, al cantante, actor, aviador y otras cuantas cosas de importancia; carpintero, peluquero, músico (risas). Ya saben ustedes que me refiero por supuesto a Pedro Infante. Muy buenas tardes Pedro, ¿cómo estás?

—Muy buenas tardes amigos míos, pues, como siempre con mucho gusto aquí, muy contento, feliz, tratando de que se diviertan todos con nuestros gritos. (*Risas*)

—¿Con gritos de qué?

—Pues gritos mal dados (risas), nomás que ellos son muy buenos conmigo, ya ve usted, son muy cariñosos, por eso es que no están mal correspondidos.

—Pues muchas gracias por la parte que me toca, porque yo también soy público, ¿no? ¿Y cuánto tiempo vas a estar aquí por Estados Unidos, Pedro?

—Pues según mi apoderado Antonio Matouk, creo que estaremos siete semanas.

—¿Y qué tal te está tratando el público aquí en el Millon Dollar, donde ya llevas como cuatro o cinco días?

—Es muy bonito, muy bueno el público, muy cariñoso, muy amable, aguanta todos mis gritos. (*Risas*)

—A propósito, ¿qué canciones nuevas estás cantando?

—Pues he traído *Un mundo raro*, ¿cuál otra?, *Cuando sale la luna*, que la grabé por primera vez... Pues, no recuerdo bien.

—Es difícil recordar así de momento, pero cualquier canción que tú cantes le gusta al público, porque las interpretas muy bien. Y ya que hablamos de canciones,¿ qué me dices de películas, qué es lo último que has hecho en México?

—Pues hay cuatro películas, *Los Gavilanes*, que creo ya vino aquí, ¿no? O va a venir.

—Va a venir y dentro de poco.

—*Escuela de música.*

—¿Esa es con Libertad Lamarque, no?

—Con Libertad Lamarque...eh. *La tercera palabra* y *El inocente.*

—Y bueno, ¿es verdad que estás convertido ahora en un señor productor, ya?

—Sí hace tiempo... Pues no. Señor nunca voy a ser, Señor, Señor, así.

—¿Cómo no? Si tú me dijiste el otro día que eras el mejor carpintero de México.

—(*Pedro comienza a reír*) No bueno, nomás por hablar algo ¿no?, por hablar.

—No hace mucho estuve en México y estuve en la casa de Pedro que tiene en la carretera a Toluca y me estaba enseñando un boliche, un teatro y me dice «¿Ves ese boliche? lo he hecho yo.» Y dije: No es posible.

—Pues sí, yo he hecho todo, he puesto los pisos y todo.

—Bueno y aquí no tienes en dónde hacer gimnasia, ¿no?, ¿o cómo lo haces aquí?

—Sí en el hotel hago siempre yo. Ya tengo costumbre. Hace catorce años hago ejercicio y antes de bañarme siempre acostumbro hacer ejercicio, en donde esté y como sea.

—Bueno Pedro Tengo entendido que tienes también una casa muy bonita en Mérida, ¿no?

—Sí, es en donde paso mis vacaciones, volando.

—¿Volando bajo o alto?

—Pues no, mejor alto, ¿no?, volando alto.

—¿Cuánto tiempo tardas de México hasta Mérida?

— Tres horas cincuenta y cinco minutos.

—Total que llegas a Mérida en el tiempo que me lleva a mí de la oficina a mi casa. (*Risas de ambos*)

—(*Pedro toma la palabra*) ¿Y usted cómo ha estado por aquí?

—Pues yo bien, trabajando como de costumbre.

—¿Y qué dicen los compañeros?

—¿Qué compañeros?

—Pues mis compañeros.

—Hablando de compañeros (*en esta parte el locutor retoma nuevamente la conversación*), Miguel Aceves Mejía decía el otro día que tú le habías puesto un apodo. ¿Es verdad eso?

—Sí, (ríe) el Tracatraca (*debido un tanto a lo antiguo de la grabación, esta parte no se entiende muy bien*) [...] el desgraciado, porque ahora necesita escalera para subirse a los zapatos. (*Carcajadas de ambos personajes.*)

—Pero, ¿tú sabes como te llama él a ti?

—Sí, el Pelón, que nomás tengo tres pelos y que me peino de monaguillo. (*Risas*)

—Bueno pero a pesar de eso, hay muy buena amistad entre los dos, ¿no?

—Sí, cómo no, absolutamente. Somos muy buenos amigos, con todos mis compañeros me llevo muy bien siempre.

—Bueno realmente no he encontrado a algún artista que hable mal de ti, aunque hay algunos que hablan mal de otros. A ti te ponen siempre: «No, Pedro es aparte».

—¡No, qué va aparte! Eso es precisamente lo que yo le agradezco al público. Esa parte de que me ponen aparte, es porque el público me ha puesto ahí.

—Y después aquí de los Estados Unidos, ¿qué planes tienes cuando regreses a México?

—Hacer también una película, también nuestra, que se llama *Las islas son nuestras.*

—¡Ah, caray!, ¿*las islas son nuestras*? ¿Pero qué clase de argumento es ese?

(*Pedro se da cuenta de que cometió un error al hablar de más y hace una pausa. Se alcanza a apreciar en la grabación que consulta a Antonio Matouk, también presente en la entrevista. Se escuchan murmullos.*)

—A ver, Antonio Matouk, ven tú y explica porque te veo haciendo gestos. (*Tal vez Matouk hizo un ademán negándose porque enseguida insiste el entrevistador*) ¡No, ya empezaste a hablar «mano»!

—(*Voz de Antonio Matouk*) Es una obra premiada por Lan Duret, la mejor obra mexicana escrita desde hace doce años. Es sobre la marina mexicana.

—Ha de ser interesante. ¿Y tú qué papel haces, Pedro?

—Un marino.

—¿Un marino cantante?

—No, pero luego lo hacemos (*risas*) para no perder la oportunidad de molestarles los oídos. (*Risas*)

—¿Qué vas a cantar? Sobre las olas estaría bien, ¿verdad?

—No, ahí no.

—Antonio, por favor, no me pegues, hombre (*Risas de Pedro*)

—Dice Antonio Matouk que mis chistes son tan malos, tan malos que se pasan con los buenos.

—(Antonio Matouk) Efectivamente, señor. (*Risas*)

—Bueno, estamos en el camerino con Pedro Infante que tiene que vestirse ya su traje de charro. ¿Cuántos trajes traes Pedro?

—Hay siete trajes.

—Entonces tú sí trajiste traje...

—Ahora sí traje trajes, sí.

—Y a propósito, ¿qué pasó con mis botas?

—Ahí las tengo, ahí están en el portafolio.

—Porque yo no puedo caminar por Los Ángeles , me faltan las botas. Bueno vamos a tener que dejar a Pedro que vuelva a cantar, está, como ustedes saben, actuando aquí en el Millon Dollar, y francamente es abusar mucho de su amabilidad.

—¡No hombre, encantado! Ya saben que aquí es su casa, todo mundo entra aquí. Por cierto, ayer que estaba lleno, vino la policía y comenzó a sacar a la gente. Mi apoderado y yo no estábamos de acuerdo. Les dijimos: bueno, si pueden pasar de tres en tres, de cuatro en cuatro, encantado de atenderlos,

¡pues si a eso vengo a saludarlos, vivo de ellos! Y correrlos, pues no es justo, ¿verdad?

—No, creo que no. Pero hay muchos artistas que no piensan así a veces. La fama es una de las cosas más difíciles de tomar.

—Cuando uno comienza esta carrera, lo que uno quiere es que lo jalen, que le pidan autógrafos. Ya cuando se logra bueno, pues hay que hacerlo con mucho gusto. ¿Por qué se le tiene que subir a uno? Al contrario, tiene que hacerlo uno por obligación.

—Pues mucho me gusta oírte hablar así, ¿verdad? Hay mucha gente que cree que la fama es para tomar lo bueno y quitar lo malo.

—Sobre todo, pues eh... Ya ve usted el cariño de todas las viejecitas que vienen, las abuelitas, yo soy el consentido de ellas, pues si las quiero mucho. (*Fingiendo la voz como la de una anciana*) Tan bonitas que son mira, mumumumumu. (*Risas*)

—Muy poca gente te llama Pedro Infante, casi todos te llaman Pedrito.

—Sí (*risas*)

—¿Por qué?

—Pues yo creo que ese es el cariño de todas esas viejecitas. Siempre me he inclinado por ese cariño, porque creo que es el cariño más puro, ¿verdad?, más limpio más bonito.

—A propósito de eso, me dijiste que a lo mejor viene tu mamá. ¿Vino o no?

—Yo creo que de hoy a mañana llega por acá conmigo. La dejé en Tijuana con una hermana mía, iba a arreglar su permiso.

—Pues ojalá puedas disfrutar de la presencia de tu madre, yo tengo la mía muy lejos y sé que se siente uno muy bien teniendo a la madre cerca. En fin Pedro no quiero quitarte más el tiempo, sé que te tienes que vestir. Ya veo que está aquí tu hermano preparándote los trajes, ¿verdad?

—Bueno pues, amigos míos, ojalá tenga la oportunidad de saludarlos a uno por uno. Y ya saben ustedes que como siempre, con el corazón en la mano, para ustedes, todas mis canciones van con todo mi cariño. [21]

A su regreso, y a principios del mes de diciembre, Pedro participó en el segundo aniversario luctuoso de Jorge Negrete, organizado por los Periodistas Cinematográficos Mexicanos. También se sumaron Miguel Aceves Mejía, Flor Silvestre y Luis Aguilar, entre los principales.

Pronto se comprometería en el nuevo proyecto de Matouk Films: *Pablo y Carolina*.

La historia, rodada a partir del 9 de diciembre de 1955, es una comedia citadina, donde un empresario llamado Pablo Garza recibe una carta en la que una mujer le confía sus sentimientos, así como su soledad. Confundido por la misiva, el hombre de negocios decide ignorar el hecho. Pero su prometida no se muestra muy convencida por el misterioso sobre equivocado y decide dar por terminadas sus relaciones.

Para salir de toda duda, Pablo emprende un viaje para conocer a la misteriosa Carolina Cirol y que le explique los motivos de su conducta. Una vez juntos, ella le confiesa que todo ha sido producto de la casualidad y que nunca fue su intención arruinar su vida, pues todo era una práctica de redacción, en la que dio vida a un ser ficticio sin pensar que en verdad existía. Un doble juego de identidades es realizado por la joven quien trata de descubrir lo que en verdad piensa de ella el empresario norteño y, a su vez, para comprender sus propios sentimientos. Pablo logra entablar amistad con el supuesto hermano de Carolina y lo lleva

---

21. Transmisión realizada el primero de febrero de 1994, por Radio Sinfonola, con motivo de la colocación de la estrella de Pedro Infante en el paseo de la fama de Hollywood.

a parrandear. Con el tiempo, Carolina se delata por su comportamiento, pues no logra engañar a Pablo. Este le tiende una trampa para descubrirla y finalmente poder decirle que la ama.

Como había sucedido con Julián Soler, al filmar *La tercera palabra*, Pedro terminó por dirigirse a sí mismo.

Como fuera, 1955 le dejaba un panorama bastante alentador en la industria del cine. En la música, hacía gala de versatilidad en treinta y cuatro temas grabados. Destacaron a principios de enero: *Bésame morenita, Último deseo, Nochecitas mexicanas, Al derecho y al revés* y *A los cuatro vientos.* Otros éxitos radiales fueron *Nana Pancha, Alejandra, Dios nunca muere, Una noche de julio, El jazmín deshojado, Historia de un amor,* y *Los gavilanes.*

El primer día de enero de 1956, Pedro había declarado en una entrevista al reportero Jaime Valdez, del diario *Novedades:*

No estoy conforme con ninguna de mis actuaciones. Me falta mucho, pero creo que para actuar, fue más difícil el papel de La vida no vale nada que el de Escuela de vagabundos. Quiero llegar a perfeccionar mi trabajo con el favor de Dios.

Seis días después, daba inicio a su último ciclo discográfico. En los estudios de grabación interpretó *Yo soy quien soy* y *Arrejúntate prietita, A la orilla del mar, El mundo, Te quiero así, Tu lugar vacío, Flor de espino, Tu enamorado* y *Doscientas horas de vuelo,* entre otras.

A mediados de marzo, el artista platicó con Ismael acerca de sus preocupaciones. Surgió al fin una nueva reunión laboral con su director de cabecera en una propuesta muy diferente a lo que Pedro estaba acostumbrado a realizar. *Amor Indio* fue el nombre tentativo para la trama que llevaría como personaje principal a Tizoc, un indígena de nobles sentimientos que se enamora de una joven aristócrata al confundirla con la Virgen María.

Para interpretar a la mujer que tendría un romance a lado de Tizoc, Rodríguez decidió convencer a una de las divas más cotizadas de la época: María Félix. Las dificultades más comunes fueron las de ponerse de acuerdo en el guión, pues según la Doña, el papel favorecía más a Pedro. ¿Cuál sería su recompensa? Finalmente, aceptó un nuevo argumento toda vez que Ismael se comprometiera a realizar, después, un proyecto para ella.

El profesionalismo de Infante y Félix se hizo notorio en las grabaciones. Pedro había dedicado tiempo aprendiendo a montar en burro y usando guaraches para darle un mejor realismo a sus caracterizaciones. Por su parte La Doña, pese a que ya se conocía su carácter fuerte, motivo de preocupación para Ismael, mostró todo lo contrario. Así lo relata este singular director en entrevista con García Gustavo:

Estábamos en villa Juárez en la escena de las montañas, donde lo estaba persiguiendo la tropa y ellos buscaban una cueva y ella andaba descalza. Ya habíamos ensayado la escena y el sol no salía bien. Yo le decía a (Álex) Phillis:

—Oye, vamos a filmar.

—No. La luz no nos iguala con la otra toma.

—¡Ya salió el sol! ¡Cámara!

Corre Pedro, corre María, y de pronto pega un grito: «¡Aaah!»

Cae al suelo, corremos todos. ¿Qué pasó? Una espina le había atravesado la planta del pie.

—A ver, un doctor—y uno piensa en un segundo tantas cosas: ¿Cuántos días voy a tener que cortar? ¡El escándalo que va a armar! Y nosotros: «¡Un doctor, un doctor!»

Y ella: «¿Qué doctor? A ver, muchachos» —y un electricista sacó sus pinzas y con ellas le extrajo la espina.

—¡'Ora Ismael!—me dice María—, ¿qué esperas? ¡Se va el sol, pide cámara!

—¡Cámara!

—Corre, se hace la escena. Corte. Ella se desploma. Era la última escena del día. Salió.[22]

La película es excelente. Un indígena queda deslumbrado por la belleza y el parecido de una doncella de clase refinada, con la imagen de la Virgen María, por lo que cree que se trata verdaderamente de la madre de Dios en persona. La joven citadina, además de caprichosa y voluble, pero de buenos sentimientos, no se percata del incidente. María, a pesar de ese carácter tan altivo, entabla amistad con Tizoc, después de que este haya visitado su casa con el cura para convencerse de la realidad. Al aclarar el malentendido, surge entre ellos una relación profunda propiciada por María. Ignorante de las costumbres y tradiciones de esos habitantes, comete el error de entregarle a Tizoc su pañuelo y el indígena interpreta esta señal como una promesa formal de matrimonio, por lo que entusiasmado, le cuenta al cura sus futuros planes de boda a lado de la Niña María. Pese a que tanto su padrino como el religioso tratan de convencerlo de que todo ha sido una confusión, Tizoc ignora sus palabras y apresura la construcción de una casa para que su esposa viva feliz y cómoda junto a él. El padre de María, lejos de tratar de resolver el problema, lo empeora, cuando engaña al muchacho asegurándole que en un plazo de tres meses se realizarán las nupcias, tiempo suficiente para que el verdadero novio de su hija, un militar de carrera prominente, se case con ella y la lleve a vivir lejos de todo peligro. Al enterarse de la verdad, Tizoc monta en cólera y rapta a su prometida para impedir el engaño. Una vez a solas, ella le explica que todo ha sido una confusión y que desconocía por completo las intenciones de su padre. Aunque en un momento

---

22. GARCÍA, Gustavo, *No me parezco a nadie (La vida de Pedro Infante)*, Tomo III, *Op.cit*, p. 10.

María tuvo miedo de la feroz actitud del indígena, comprende que ha procedido de esa forma por amor. Tizoc le devuelve su palabra y le promete que la pondrá en libertad. Mientras tanto, un *complot* para matar al «salvaje», preparado por el comandante Arturo, está en marcha. María le pide al joven que huyan; se convence en ese momento de que su amor es único. El padre de Machinza, la joven que amaba a Tizoc, lleno de odio, desea asesinarlo, pero accidentalmente mata con una flecha a María. Su enamorado decide suicidarse con esa misma saeta, pues sabe que al lado de «su niña», aunque sea en la muerte, será feliz. Para la realización de esta película, el actor tuvo que disciplinarse:

> Se preparó a conciencia para poder caracterizar a la perfección su personaje; para lo cual decide visitar el Estado de Oaxaca con la finalidad de observar el comportamiento, costumbres y lo más difícil, aprender dialectos de nuestros queridos indígenas.[23]

Fue tal su compromiso con Ismael, que prefirió ignorar la ceremonia de entrega del codiciado Ariel, pese a estar nominado como mejor actor por la cinta *La vida no vale nada*, del director Rogelio A. González. No tenía motivos convincentes para presentarse esa tarde en la ceremonia del Salón Candiles, del hotel del Prado. Sabía que sus películas no reunían, al menos en opinión del jurado, requisitos suficientes para ser tomadas en cuenta. Nunca le habían reconocido mérito alguno como actor. Alguien más, sin duda, se quedaría con la estatuilla; la historia siempre era así: el desencanto. Sin embargo, le fue dado el premio. Sus compañeros se asombraron de que no estuviera ahí. Lo recogieron su hermano Ángel y el periodista Jaime Valadez.

Amor Indio se estrenó hasta el 23 de octubre de 1957, en los cines Alameda con un nuevo título: *Tizoc*. La cinta fue el

---

23. *Íbidem*, p. 23.

resultado de la obra *Manelic*, la cual había fascinado años atrás a Pedro. El poema indigenista de Antonio Mediz Bolio hablaba de las desdichas de una pareja, un maya y una joven, la cual es pretendida por un cacique, muerto al final a manos de Manelic.

En el mes de agosto de 1956, Pedro llegó a los estudios San Ángel Inn para rodar la que iba a ser su última película: *Escuela de rateros*. Su pareja en esta ocasión sería Rosita Arenas, además de compartir escena con Yolanda Varela, Rosa Elena Durgel, Barbara Gil, Raúl Ramírez, Eduardo Alcaraz, Luis Manuel Pelayo y Arturo Soto Rangel, en los protagónicos.

En dicha comedia se exponen las aventuras de un panadero de origen humilde, que por razones del destino es obligado a sustituir al fallecido actor Víctor Valdés. El parecido de ambos es la clave para poder arrestar al asesino de la estrella de cine, el cual se cree que está vinculado con los constantes robos de joyas ocurridos en la ciudad. El temor de morir a manos de algún pistolero, lleva a Raúl Cuesta Hernández a ser custodiado día y noche en la lujosa mansión por la policía. Nadie imagina que el ladrón de joyas y el asesino de Víctor Valdés son personas distintas y que el primero prepara el próximo golpe frente a sus narices. Este ladrón es un personaje de origen argentino, que tras la sonrisa esconde las verdaderas intenciones. La amistad y el pasado que lo une a Víctor, involucra a Raúl en un futuro robo sin que este sospeche. Gracias a su capacidad y habilidad el atraco es todo un éxito y Raúl, lejos de entender lo que ha sucedido, ingenuamente obedece las órdenes del maleante. El amor de Rosaura Villarreal por el nuevo Víctor es más grande que el riesgo asumido por su galán para dar con el responsable del crimen. Dicho amor nace del sorprendente cambio en la conducta del artista, al perdonar la deuda que su padre tenía con él. Una noche después de efectuarse el robo durante la fiesta del excéntrico magnate, el verdadero asesino de Víctor intenta acabar con la vida de su usurpador. La policía logra atraparlo y descubre que se trata de una ex amante del artista. Al parecer, todo ha terminado y nadie sospecha que el ladrón de joyas aún está merodeando por la casa. Es precisamente Raúl quien logra atraparlo y puede así reclamar la recompensa prometida. Por ello, su futuro cambia radicalmente, pues ahora podrá casarse con Rosaura y no habrá más secretos.

Escuela de rateros se estrenó el 9 de mayo de 1958. La muerte de su protagonista seguía impactando al mundo del espectáculo en el país, la película fue un éxito, incluso en Estados Unidos. Fue, sin sospechar, un excelente epitafio.

¿Será cierto que una persona puede conocer el futuro de las demás? Este matiz sobrenatural envolvió la desaparición física de Infante e incrementa hasta nuestros días su aura mítica. Con *Escuela de rateros*, el Hijo del Pueblo se despedía del cine mexicano. En cuanto a la grabación de discos; asistió por última vez a los estudios Peerless el 1 de diciembre e interpretó *La cama de piedra*, *Pa'que sientas lo que siento*, *Ni el dinero ni nada* y *Corazón apasionado*.

En las primeras semanas de febrero, *Excélsior* informaba que las cintas más taquilleras de Pedro Infante el año anterior habían sido *La tercera palabra* y *Escuela de vagabundos*; esta última se mantenía como filme predilecto desde enero de 1955, y había recaudado, ante la cólera de otras productoras, la nada despreciable suma de dos millones de pesos. Se reseñaba también su exitosa gira por Sudamérica; elogiaba los llenos increíbles de sus presentaciones, las crisis nerviosas de las mujeres, la gran demanda de boletaje, que llegaba a agotar hasta los pases de cortesía que obsequiaban algunas radiodifusoras.

En ese mar periodístico, y a mediados de marzo, la revista especializada *Cine mundial*, filtraba una noticia interesante

África en el futuro de Pedro Infante. Aquí se detallaban los planes de Mauricio de la Serna para coproducir alguna historia en ese continente, de preferencia con la participación de un artista extranjero para garantizar la difusión en salas norteamericanas. Aunque la información no dejaba nada en claro, mostraba la trascendencia que Pedro comenzaba a obtener en el mercado fílmico.

III

MUERTE Y MEMORIA

Todo lo que soy se lo debo al público; ese público tan generoso y querido que me ha dado más de lo que yo esperaba. Me siento feliz y tranquilo porque he podido dar algo a mis familiares y amigos. ¿Qué más puedo pedir?

PEDRO INFANTE

15 DE ABRIL DE 1957

«Silencio que vamos a empezar. Luces, cámara, ¡acción!» El rodaje avanza sin dificultad. Esta toma saldrá sin necesidad de repetirla tantas veces. Bueno, eso se suponía: «¡Corte, corte!»

El ruido que hacen los hijos de la actriz Marga López es insoportable. Así no se puede trabajar. Habrá que repetir. Aunque ellos no son del todo culpables. Los niños son así, traviesos. Han estado jugando todo el tiempo a policías y ladrones junto con Pedro Infante.

«Volvemos a grabar, ¡listos!»

La mañana del 15 de abril de 1957, Mérida, Yucatán, la Ciudad Blanca, amanecía como cualquier otro día, tranquila, apacible. Daba inicio la Semana Santa una vez antecedida por la ceremonia religiosa del domingo de Ramos. Los habitantes de los alrededores conocían a su vecino predilecto, una persona que por momentos, alejada de los reflectores y las cámaras del cine, buscaba la tranquilidad de su casa para descansar y olvidarse, en ocasiones, de su vertiginosa vida sentimental y los compromisos de trabajo. Era habitual topárselo por las calles vestido con sus camisas de manga corta, exhibiendo sus brazos musculosos y su característica sonrisa. Tan común verlo tomar un refresco en las tiendas o chupar «chinas» (naranjas, como se las llama en aquel Estado) acompañado de cargadores de la empresa TAMSA, haciendo bromas.

Pedro Infante, luego de su última gira por Sudamérica, donde actuó en países como Perú, Panamá y Guatemala, se encontraba fatigado. Contrario en él, se vio en la penosa necesidad de cancelar algunas presentaciones en Puerto Rico. De aquella triunfante e intensa aventura, obtuvo la nada despreciable cifra de ochenta mil dólares. Aunque reafirmó su idolatría por aquellas tierras, se sentía un tanto cansado y tenso.

Estaba al tanto de las últimas noticias sobre su persona; hojeaba con frecuencia la prensa especializada en busca de alguna crítica que le permitiera crecer como artista. Se había propuesto reorganizar su carrera y seleccionar mejores guiones y temas musicales; hacer avanzar a Matouk Films como firma de calidad; preocuparse más por la administración de su patrimonio. Era propicio redactar un testamento, garantizar el futuro de su familia, no derrochar demasiado en lujos excesivos. Estaba en la cumbre a la que tanto esfuerzo le había costado ascender. Ahora debía internacionalizarse. Primero, el mercado norteamericano, luego tal vez Europa. España comenzaba a fijarse en él, no lo estaba soñando, ya le habían comentado la posibilidad de irse de gira. Los columnistas cinematográficos elogiaban su reciente éxito en el extranjero, como uno de los mejores artistas nacionales capaces de agotar localidades en tiempo récord. Pero también criticaban su doble vida amorosa, como el reportero A. Caballero, que se daba el lujo de hacer caricaturas alusivas a su poligamia. Obviamente eso nunca le agradó. Jamás estuvo de acuerdo con la invasión a su intimidad, ¿por qué empeñarse en el desprestigio? Sin embargo, no podía ignorar el hecho de que su debilidad por las mujeres le acarreaba serios problemas legales.

El 9 de abril, su matrimonio con la actriz Irma Dorantes había sido anulado por la Suprema Corte de Justicia, después de que la Tercera Sala del Tribunal Superior de Justicia del Distrito y Territorios Federales, así lo ratificara. ¿Cómo era posible que estuviera divorciado de su aún esposa, María Luisa León de Infante, la que lo demandaba por una situación de bigamia que se había dado desde 1952? Era evidente: Infante perdía el control de su vida y no razonaba sobre las consecuencias de sus actos.

Según algunas fuentes, en diciembre de 1951, el cantante tuvo la osadía de presentarse en el juzgado del poblado de Tetecala, Morelos, en compañía de Irma que falsificó la firma de María Luisa en el acta de divorcio. Fue la única manera en que pudo contraer nupcias con Irma Aguirre Martínez (nombre real de la actriz), el 10 de marzo de 1953, en la ciudad de Mérida.

Los reporteros acosaban a Pedro para obtener sus declaraciones sobre el tema. Espiaban desde muy temprano las cercanías de su domicilio ubicado en Avenida de la Aviación número 587. Preguntaban a los vecinos si le habían visto últimamente, o en el último de los casos, si podrían convencerlo de hablar con ellos. Merodeaban por el aeropuerto como sabuesos informativos a la caza de exclusivas.

Pedro los evadió encerrado en su casa. Sin embargo, se daba tiempo para contestar las llamadas telefónicas de Irma, quien asustada, desde la residencia, le ponía al tanto de la situación. Era necesario cuanto antes resolver el conflicto. Pedro le pidió que fuera a verlo: «Ven para acá mi vida y así ya no te molestarán allá con tantos líos».[1] Ella le contestó que no debía acudir

---

1. Revista *Cinema Reporter*, abril de 1957, pp. 22-25.

a su lado; la situación podría agravarse, ya que la acusación de adulterio sería irreversible. Entonces, Pedro le prometió viajar a México lo antes posible. Estuvo con sus hijos Lupita y Pedrito quince días en merida, cuatro dias antes de su muerte

Por este motivo, improvisó un vuelo relámpago a la capital, abandonando la lectura de algunos guiones que ya estudiaba para su rodaje; entre ellos el de *La tijera de oro*.

Una noche antes de morir, y tal vez para aliviar su tensión, Infante estuvo en compañía de algunos amigos a quienes había invitado a cenar. Para amenizar la velada, les interpretó tres canciones: *Mi último fracaso*, *La adelita* y *El corrido de Guanajuato*.

Esa mañana madrugó, tal como era su costumbre e ingirió un desayuno ligero: huevos con jamón y frijoles refritos. Después, en su motocicleta Harley Davidson, cruzó la ciudad y se dirigió al aeropuerto para abordar un avión de la línea TAMSA, en la que era accionista.

Pedro llevaba puesto un pantalón café de estilo vaquero, una chamarra corta con botonadura de plata tipo ranchero, la obligada gorra de aviador, lentes de cristales verdes con armazón de oro de 24 kilates, botas vaqueras color café, guantes, una esclava con sus iniciales y un reloj Ultramar de veinticinco rubíes, así como un anillo que se estima en unos dieciséis mil pesos de la época.

Acompañado del capitán Víctor Manuel Vidal Lorca y el mecánico Marciano Bautista Escárcega, la nave, un aparato veterano de la Segunda Guerra Mundial, Consolidet Vultee B24J, matrícula XAKUN, preparó el despegue. Se sabía que durante la milicia, este avión fue el encargado de tripular tropas norteamericanas en el Pacífico. Ahora que era similar a una pieza de museo, la compañía TAMSA lo había adquirido por diez mil dólares.

Los cuatro motores se encendieron sin aparente dificultad. La señorita Carmen León, operadora de vuelo, fue la última persona en escuchar a Pedro Infante. La nave tomó la pista número diez, con dirección poniente y despegó, pero sin ganar demasiada altura. Aproximadamente, trece minutos después, el aparato comenzó a incendiarse debido a una posible fuga de combustible, para estrellarse aparatosamente, convirtiéndose en una masa ardiente, una amalgama de fierros, fuego, sangre y muerte.

Ese lunes santo, en su vuelo número 904, la formidable Calabaza, como era conocido el carguero, había dado un giro sobre su eje, precipitándose, según especularon, por la sobrecarga. Quedaba aquel antecedente ocurrido el 24 de diciembre de 1955, cuando uno de sus motores falló durante el traslado de ochenta braceros de Guadalajara a Mexicali, suceso que había disgustado a la compañía.

La mercancía consistente en pescado fresco, telas de manufactura suiza, dos perros y un monito, entre otras cosas, se habían desparramado en un área de cincuenta metros cuadrados, en el cruce de las calles 87 y 54, en el patio de la tienda *La Socorrito*, propiedad del señor Rubén Sosa. Asimismo, la carpintería del señor Martín Cervantes y una sastrería quedaron deshechas.

Ana Ruth Rosell Chan, joven de dieciocho años, murió calcinada cuando tendía la ropa. Los sueños de convertirse en misionera presbiteriana y de contraer matrimonio se habían incinerado con su cuerpo. Quizá pudo salvarse de haber hecho caso a su premonición: «Mamá, soñé que una bola de fuego caía del cielo y me quemaba.»[2]

En punto de las ocho de la mañana, un destacamento del ejército mexicano, la Tercera Compañía perteneciente al Batallón

---

2.   CORTÉS Reséndiz, Roberto y TORRE Gutiérrez, Wilbert, *Op.cit*, p. 29.

número 36, con base en Mérida, y al mando del teniente Jaime Vázquez, inició las labores de rescate. Acordonaron el sitio de la tragedia y trataron de alejar a los curiosos que ya se arremolinaban para enterarse de lo sucedido. Las llamas y el humo cubrían los alrededores de las demás casas, así como el molino de nixtamal, El Águila Negra, que se encontraba enfrente y que perdió parte de su fachada.

Según los reportes, fue penoso el hallazgo de los restos de Pedro Infante. El doctor Benjamín Góngora, también alcalde de esa ciudad, identificó el cuerpo por las iniciales de su esclava y por la famosa placa de platino que le había sido injertada en el cráneo. El diagnóstico fue el siguiente: la cabeza separada del tronco a varios metros de este, cráneo destrozado, dos fracturas en la columna vertebral; los huesos iliacos, ambos fémures, peronés y caja torácica, totalmente deshechos y carbonizados. Reconocible solo la mitad izquierda de su rostro, la cara anterior del tórax y la mano izquierda. Como consecuencia de la calcinación, su cuerpo se redujo considerablemente: de un peso de setenta y siete kilos y una altura de un metro con setenta y cinco centímetros, a veinte kilos y ochenta centímetros; es decir, sufrió atricción total. Tejido óseo calcinado con algunas partículas de metal, fue todo lo que se encontró de quien en vida era el galán más popular de la pantalla mexicana.

Sus compañeros de viaje también quedaron totalmente irreconocibles. Los tres cuerpos fueron envueltos en sábanas blancas, y colocados en una especie de catre con resortes. Es muy posible que los demás restos del astro sinaloense se confundieran con los otros dos tripulantes, por lo que al momento de separarlos se hizo una mixtura.

Las primeras averiguaciones del accidente empezaban a filtrarse a la prensa. La Calabaza había estado sujeta a revisiones periódicas y la última fue registrada el 10 de febrero de 1957, misma que vencía el 10 de agosto del mismo año. Sin embargo, el destino, una posible falla mecánica o el exceso de peso, la hicieron precipitarse.

Los medios, especialmente la radio, comenzaron a difundir la noticia. La XEFC en la ciudad de Mérida, comunicó a su filial en México, la XERPM, los pormenores de la tragedia. En voz de Enrique Llanes y Jaime Durán, Excélsior Radio certificó la muerte de Pedro, aproximadamente a las diez de la mañana con veinte minutos. Entonces, la ciudad recibió con asombro y duda la muerte del ídolo.

El secretario de la Asociación Nacional de Actores, ANDA, Rodolfo Echeverría, inmediatamente se hizo cargo de los trámites necesarios para el traslado del cuerpo a la Ciudad de México. Incluso el primer mandatario, Adolfo Ruiz Cortines, puso a su disposición el avión presidencial y brindó todas las facilidades necesarias.

Mientras tanto en Mérida, los restos mortales de Pedro fueron embalsamados por el propio médico Benjamín Góngora, que los depositó en una caja metálica, completamente sellada, introducida, a su vez, en un ataúd provisional cedido por una funeraria del vecindario. Se intentaba así salvarlo del morbo de la prensa. Sin embargo, se llegó a publicar, más tarde, una fotografía donde el galeno analiza lo que asemeja un brazo carbonizado. En la Ciudad de México, las estaciones de radio como la XEQ, XEW y la XEB suspendieron su programación al mismo tiempo en señal de duelo. Informarían al día siguiente de las últimas novedades sobre el traslado del cuerpo y los pormenores del percance, al tiempo que programaban sus canciones.

El primer velorio se efectuó esa misma tarde del lunes, en la casa de Mérida. Coronas funerarias y arreglos florales saturaron el gimnasio, lugar en el que se acondicionó una capilla ardiente para que la gente acudiera a despedir a su amigo, vecino y actor. El sacerdote Vicente Mayo, a cuyo cuidado se encontraba la parroquia de San Sebastián, realizó la misa por el descanso de los fallecidos. Lamentó con profunda tristeza, la pérdida de Infante.

Irma Dorantes se dirigía, con Ángel Infante y Rodolfo Echeverría, a recoger el cuerpo. Antonio Matouk, representante y apoderado de Pedro, se encontraba de vacaciones en Veracruz, por lo que no se le pudo localizar de inmediato; entonces, María Luisa León fue informada por la compañía aérea TAMSA de lo ocurrido.

El martes 16 de abril, a las seis y media de la mañana, alzó su vuelo el avión DC3, XA-HEY de TAMSA, con el Hijo del Pueblo a bordo. El capitán Alberto Solís Pinedo y el copiloto Gerardo de la Torre Limón, manejaban el aparato, curiosamente, el favorito de Infante. En su interior, los acompañaban Ángel, con los reporteros Arturo Rodríguez Blancas, del diario *Novedades*; Armando Deschamps, de *La Extra*; Gonzalo Castellot y Ricardo Pimentel, de XEQ; y los fotógrafos Julio León, Héctor García y Teodoro Arriaga.

Por su parte, Irma Dorantes, así como el Secretario de la ANDA, partían minutos después en un avión comercial. El pueblo de Mérida deseaba que Pedro fuera sepultado ahí mismo. Lo consideraban apropiado, puesto que había vivido algunos años entre ellos y lo veían como su huésped especial. Sin embargo, accedieron a despedirlo en el aeropuerto, agitando sus sombreros y algunos pañuelos blancos, aun cuando la nave ya no era visible.

Las señales de duelo en la metrópoli seguían mostrándose. En la plaza de Garibaldi se suspendieron las serenatas y demás fiestas con mariachi. En las salas de cine, antes de proyectar la función de la tarde o la noche, se les pedía a los asistentes un minuto de silencio en memoria del actor. En los teatros se procedía de igual forma. El ambiente en los estudios cinematográficos y Televicentro era melancólico, y la gente que lo conoció en aquellos foros y pasillos, intercambiaban anécdotas de trabajo.

Los medios no lograban explicar ni comprender las causas del accidente. Continuaban las especulaciones sobre sus líos amorosos y se contradecían sobre los verdaderos motivos de Pedro por tomar dicho vuelo y suplir al copiloto Gerardo de la Torre Limón, quien irónicamente lo había traído a la ciudad.

Para ese momento, las ediciones matutinas y vespertinas de los diarios ya habían tirado grandes cantidades. Tal fue el caso de *Últimas Noticias* de *Excélsior,* que agotó 313,418 ejemplares en su primera edición. Para la segunda, despachó 297,645 ejemplares; es decir, vendió un total de 611,063 ejemplares. Las declaraciones de los testigos del percance y las notas sobre suicidios generados por la muerte de Pedro, como el caso de la venezolana Josefina Vaica de diecinueve años, quien ingirió gran cantidad de barbitúricos sin que sus padres se dieran cuenta, vendían bien. Se hacían reseñas de su última presentación ante el público de la plaza de toros de Mérida, apenas cinco días antes, en honor a una reportera estadounidense de nombre, Alma Reed, a quien le había cantado *Peregrina*, original de Ricardo Palmerín.

Faltando cinco minutos para las once de la mañana de aquel martes 16, hacía su arribo el avión fúnebre de la empresa TAMSA. Por disposición legal, el ataúd salió por la puerta número uno del Puerto Central Aéreo. La enorme muchedumbre calculada en sesenta mil personas, que ya esperaba ansiosa y enlutada a su ídolo, por momentos no se percató de esta decisión.

Pedro Infante regresaba sin vida a la capital, muy a la seme-janza de su película, *Sobre las olas*, pero con el cariño y reco-nocimiento patente no solo del público sino también de sus compañeros artistas. Le dieron la bienvenida, Mario Moreno Cantinflas, José Elías Moreno, Víctor Parra y José Infante. Rápidamente cambiaron el ataúd por uno gris metálico con cru-cifijo plateado, de mejor aspecto que el anterior.

Se le llevaría al teatro Jorge Negrete, en donde se había pre-parado todo lo necesario para dar cabida a la familia y compa-ñeros del gremio artístico. Mientras tanto, la gente alertada por las estaciones radiofónicas, ya se arremolinaba a la entrada del inmueble para poder estar más cerca de Pedro. Durante el tras-lado, se hizo una escala en el Palacio de Bellas Artes, para ren-dirle un homenaje de cuerpo presente y destacar así su contribu-ción al arte en el terreno fílmico.

María Luisa León pretendía velar el cuerpo en su respec-tivo domicilio, sin importarle los planes sindicales de los acto-res. Como un acto de refrendar su postura de viuda legítima, ante los aspavientos de la posible herencia, y boicotear de paso el velorio que también preparaba Irma Dorantes. Fue Doña Refugio Cruz, madre de Pedro, quien resolvió el problema de ego. Decidió aceptar el ofrecimiento inicial de la ANDA. Las exe-quias se realizarían en el teatro. No se podía ignorar el hecho de que Pedro había sido un miembro del organismo.

Como es lógico, Doña Refugio no mostró siempre ente-reza:

—Quiero ver a mi hijo. No me separen de mi tesoro.

—No puedes verlo, mamacita chula, no puedes verlo —dijo Ángel Infante.

—Sí puedo….¿Por qué no me dejan ver a mi hijo?, ábranme esta caja. Quiero verlo.

—No puedes, mamacita.

—Está quemado, ¿verdad?

—No mamacita, no está quemado, no pienses eso —dijeron sus hijas.

Ángel Infante repuso: —Está quemado, tu hijo está quemado. Tú eres fuerte, tú has querido siempre que te digamos la verdad, tú no quieres que tus hijos mientan...Pedro no hubiera querido que lloraras.[3]

Además, abatida por el dolor, la señora comentaba a la prensa:

«Mamacita, cuídame a mis ratones»;eso me repitió mi hijo cuando hablé por última vez con él, el domingo pasado, que me llamó desde Mérida. Ya nos habíamos despedido y otra vez su voz repitió: «Viejita, cuídame a mis ratones», y yo tengo que cumplir la que fue, desgraciadamente, la última voluntad de mi hijo.[4]

Los ratones a los que se refería, eran Irma Dorantes y la hija de su unión, quien contaba entonces con dos años de edad. Por eso, en honor a ellas, la sala de cine que había construido en su finca de Cuajimalpa, se llamó Cine Ratón. Según la madre de Pedro, este ya presentía su muerte.

Me hablaba todos los días por teléfono desde Mérida. Yo sabía que él volaba regularmente de ocho a doce de la mañana. Y esas horas me las pasaba en la iglesia de Lindavista, rezando por él. Pero el domingo le escuché una voz diferente, más emocionada, más... No sé cómo. Siempre me recordaba que cuidase de sus ratones, pero jamás lo hizo con tanta insistencia. Yo creo que mi Pedro presentía que algo le iba a pasar.[5]

Y continúa:

3. CORTÉS Reséndiz, Roberto y TORRE Gutiérrez, Wilbert, *Op.cit*, pp. 60-61.
4. Revista *Cinema Reporter*, abril de 1957, Juan Manuel Tort, pp. 22-25.
5. *Íbidem*.

Hace dos domingos estuvo a verme, traía una cajita y dentro de ella una sortija, (un brillante montado en platino) me dijo: «Es un anticipo al día de las madres, Cuquita; pero el 10 de mayo te traeré más cosas». Pasamos un día feliz y fue la última vez que lo vi.[6]

En el teatro Jorge Negrete se dio cita casi toda la familia artística para despedir a su compañero. Todos declaraban ante los medios la grandeza de su calidad humana, misma que le valió en algún momento de la historia de la organización, una posible candidatura sindical. Sin embargo, el de Sinaloa se negó a participar en cualquier elección para dicho cargo.

Esa noche hubo altercados. La policía tuvo algunos roces con las personas que insistían en pasar a velar a Pedrito. Aunque fue recibida toda clase de dolientes, entre quienes figuraban los humildes y curiosos, se calcula que setecientas personas no pudieron entrar, desatando así una riña que causó unos setenta lesionados.

En el interior del recinto, la primera guardia fue montada por Mario Moreno Cantinflas, José Elías Moreno, Arturo Soto Rangel, Miguel Manzano, Ángel y José Infante. La segunda, por Andrés y Fernando Soler, Jorge Martínez de Hoyos y el comandante de policía y tránsito, Ramón Ruiz.

Para el miércoles 17 se efectuó el último traslado del cuerpo. Todo había sido confirmado. Sus restos serían enterrados en el Panteón Jardín, lugar en el que descansaban también su padre Don Delfino, su entrañable amiga Blanca Estela Pavón y Jorge Negrete.

Daba inicio el cortejo. Este tomó las calles Manuel Altamirano, Súlivan, Manuel María Contreras, Río Rhin, y atra-

---

6. *Íbidem.*

vesó el Paseo de la Reforma, donde hicieron un alto frente a la estatua del Ariel. Ahí se escuchó una nueva despedida al amigo, al actor, al grande; como lo catalogaban sus dolientes. A esas alturas, la multitud paulatinamente crecía. Se prosiguió hacia la glorieta de Chapultepec, la calzada de Tacubaya y las avenidas Revolución, Mixcoac y San Ángel. A partir de ahí, se tomó la calzada del Desierto de los Leones hacia el cementerio.

Durante todo el transcurso, la gente desde sus ventanas se asomaba para despedir a Pedro, con flores que aventaban a su paso o agitando pañuelos y paliacates.

Los medios presentes, los enlaces de los principales canales de televisión, las estaciones de radio, los reporteros gráficos… Cada uno trataba de conseguir la mejor información para ofrecerla al público. Fue conmovedor el enlace que hizo la XEW, mediante Pedro de Lille, que intercalaba su narración con datos biográficos y profesionales de Pedro Infante. Nadie ignoraría su llanto ante el micrófono, acción que fue objeto de crítica en los diarios.

La masa, cuyos rostros y voces se transformaban en murmullo, en un grito, se dirigieron a la fosa número cincuenta y dos, lote ciento veintiseis. Sin embargo, hasta ahí solo podía llegar la familia y, por supuesto, los actores y la gente privilegiada. Los últimos en llevar sobre sus hombros el ataúd fueron Ismael Rodríguez, Ángel y José Infante y Mario Moreno.

El mariachi entonó una versión lúgubre de *Amorcito corazón*, y el adiós obligado llegó con *Las golondrinas*. El párroco Manuel Herrera pronunció la oración: «Llévense los ángeles del paraíso. En tu llegada te reciban los mártires. Los coros de los ángeles te conduzcan hasta la santa ciudad de Jerusalén. Y con Lázaro, pobre en otro tiempo, obtengas el eterno descanso.»[7]

---

7. *LA PRENSA*, jueves 18 de abril de 1957, p. 3.

Después llegó el turno de los oficiales de tránsito, quienes vieron su imagen reivindicada con la actuación que Infante había hecho en ATM y *¿Qué te ha dado esa mujer?* Pasaron lista a sus miembros desaparecidos, y de forma conmovedora, cuando dijeron: «¡Comandante: Pedro Infante Cruz!», todos gritaron: «¡Presente!»

Rodolfo Echeverría lo despidió con un sentido mensaje. Todo llegaba a su fin; el llanto de las mujeres, hombres y niños; los controles y enlaces de medios informativos realizados desde la ANDA, el Ariel y el Panteón Jardín. Antes de que la tierra cubriera el féretro por completo, Irma Dorantes arrojó un crucifijo. Entre los sollozos de la gente común, artistas y empresarios, Infante desaparecía para siempre.

Al final, cientos de personas resultaron heridas por los granaderos, que perdieron el control de la muchedumbre cuando esta quiso entrar violentamente en el panteón. Horas más tarde se apreciaban los destrozos: tumbas sucias y lápidas rayadas por las suelas de zapatos o tacones, crucifijos rotos, floreros desquebrajados, flores tiradas, velas y cirios regados; las ramas de los árboles rotas, a las que seguramente habían trepado algunos curiosos para no perder detalle del entierro. Se encontraron también, esparcidos entre la basura, jirones de periódicos y revistas con las fotos del artista.

Al día siguiente se comentaría en los diarios diversos aspectos del sepelio: el desmayo de Antonio Matouk y de Doña Refugio; el llanto y las palabras enternecedoras de María Luisa, así como el maltrato verbal del que fue presa Irma Dorantes por parte de las admiradoras de Pedro, quienes le recriminaban su culpabilidad, al provocar aquel fatídico y aventurado viaje.

De igual modo, se calificaba de espléndida la labor informativa de los reporteros Pedro de Lille, José Hernández Chávez, Jacobo Zabludovsky, Jorge Labardini, Mariano Rincón, así como el enlace del teniente de tránsito, José Ibáñez, realizado durante el cortejo fúnebre. Se estimaba que un total de quince mil personas se reunieron en el cementerio; algo pocas veces visto en la época.

Se iba el ídolo, pero dejaba un sucesor. Entre los mariachis que asistieron a despedirlo, se encontraba un joven retraído pero talentoso, quien más tarde sería conocido en el ambiente musical con el nombre de Javier Solís. Casi cuatro años después, llegaría a convertirse en la nueva figura del bolero ranchero, género que ya había nacido con el de Sinaloa.

Posibles casusas del accidente

Mucho se especuló sobre las causas que originaron el accidente en el que murió Pedro. Los diarios dieron especial credibilidad y atención a las declaraciones de los testigos y familiares del artista. De las investigaciones se obtuvieron diversos datos.

El capitán Víctor Manuel Vidal utilizaba la licencia número ciento dos, en la que se registraban unas once mil seiscientas horas de vuelo; era un piloto experimentado. Su permiso expiraba el 12 de julio de 1957. Pedro Infante Cruz usaba la licencia de Transportes Públicos número cuatrocientos cuarenta y siete, y en ella estaban reportadas dos mil novecientas ochenta y nueve horas de vuelo; vencía el 10 de octubre de 1957. Por su parte, Mariano Bautista Escárcega tenía una licencia de tipo A número dos mil ochocientos setenta y cuatro, y era especialista en mecánica de motores aéreos; su documento caducaba el 14 de noviembre de 1957.

El capitán Alberto Solís Pinelo, jefe de los pilotos y asesor técnico de TAMSA negó categóricamente que la causa del accidente se debiera al exceso de peso, estimado en seis mil quinientos kilogramos, ya que las condiciones del avión le permitían soportar hasta diez mil quinientos. Otros informes sirvieron para aclarar las dudas sobre el desastre:

La tragedia ocurrió cuatro minutos después de despegar el avión de la pista número diez de TAMSA, aún no tenía quinientos pies de altura y al hacer su viraje se clavó sobre el predio de la calle ochenta y siete, es decir, que los pilotos no tuvieron tiempo de hacer nada; no se pusieron a tirar la carga (como diversos testigos visuales habían asegurado), porque esto es absurdo; ni siendo los hombres más rápidos del mundo hubieran podido desprenderse de por lo menos tres mil kilos de mercancía en tan solo cuatro minutos. Ni siquiera lo intentaron. Tampoco es cierto que hicieran señales hacia tierra. La velocidad mínima que necesita un avión para sustentarse en el aire es de doscientos veinte kilómetros por hora, sacar la mano significa perderla irremediablemente. No puede ser posible que trataran de saltar, pues cualquier piloto principiante sabe que en un caso de accidente o desperfecto de la máquina, la única posibilidad de salvación es llegar a tierra dentro de ella. Nadie puede lanzarse a sesenta metros de altura a la velocidad que iban.[1]

La hipótesis del exceso de peso como la principal causa del accidente desmentida por Solís, originó nuevos peritajes. Una posible falla en el equipo, principalmente en la radio, pues nadie recordaba haber escuchado o recibido alguna señal de auxilio en la torre de control. No había pistas certeras que ayudaran a esclarecer el siniestro.

Hasta la fecha, los rumores, teorías y fantasías de la gente llevan a concluir diversas cosas. Lo único cierto es que nunca se ha sabido con claridad cuáles fueron las verdaderas razones que ocasionaron que la mañana del lunes 15 de abril de 1957, La calabaza se impactara en las inmediaciones de Mérida.

---

1. MEJÍA Ramírez, Gonzalo, *Op.cit*, p. 128.

PROYECTOS INCONCLUSOS

El timbre de la casa suena. Pedro abre la puerta aún con la bata de dormir puesta.

—Señor Infante. Aquí están las botas y los zapatos que nos encargó la semana pasada. Dice el patrón que ya está por terminar lo demás que encargó.

—¡Ah muy bien! Pásele, ahorita le pago lo que les debo. ¿No gusta un cafecito o un refresco?

— Un refresco, si fuera tan amable—responde con timidez la señorita que no sabe bien si sueña o delira, pero Pedro Infante, el ídolo, le ha recibido como a una amiga de mucho tiempo. En gratitud, ella deja ahora un ramo de rosas blancas sobre su tumba.

—Era una persona muy linda —asegura.

Tras la desaparición de Infante, muchos de los proyectos que se tenían planeados para él se vieron cancelados. Giras, películas, discos, presentaciones individuales; todo se vino abajo.

Antonio Matouk preparaba el lanzamiento artístico de Pedro en España, país en el que no era del todo conocido y donde la figura de Negrete era bastante importante. La difusión de algunas películas como *Pablo y Carolina* y *La tercera palabra*, estaban listas para distribuirse en el mercado madrileño. Asimismo, Pedro tendría que emprender una gira en algunas de sus provincias para interpretar sus mejores éxitos y darse a conocer. *Cinema Reporter* llegó a decir en tono cruel, que Miguel Aceves Mejía debía aprovechar la muerte de Infante para conquistar ese país; pues ya no tenía competencia.

Los planes para realizar nuevas cintas con Ismael Rodríguez, para su empresa Matouk Films y los proyectos compartidos con su hermano Ángel, se cancelaron. Dichas películas tuvieron que ser suspendidas o bien interpretadas por otros actores.

Trabajo le sobraba. *La tijera de oro,* basaría su temática en uno de los oficios más queridos por el de Sinaloa: el de peluquero. Alternaría con Sofía Álvarez y Martha Mijares. Pedro ya había estudiado parte del guión en su casa de Mérida y se encontraba muy entusiasmado. Finalmente, fue grabada por Germán Valdés Tin-Tan.

En el proyecto titulado *Suicídate mi amor,* Rosita Quintana y Yolanda Varela formarían parte del elenco de la producción que ya no tardaría en filmar, quizá en el mes de agosto. Nuevamente Tin-Tan, acompañado de Teresa Velázquez y Marina Camacho, lo hizo.

La chamuscada sería una magnífica película. Reuniría por primera vez en pantalla a Lola Beltrán y Pedro Infante. Es de imaginar la calidad de los números musicales que darían forma al trabajo de estos colosales paisanos.

El charro y el cowboy, también conocida como *La gran carrera*, permitiría su intervención junto a Martine Carol y John Derek.

Por otra parte, *El curandero,* ficción original de Jesús Velázquez, el Murciélago, figura importante de la lucha libre, que incursionaba como escritor de cine y presentaba este proyecto bajo la condición de que solo Pedro Infante la protagonizara.

Las islas también son nuestras, uniría los créditos del reconocido Arturo de Córdova con el de Mazatlán, quien daría vida a un marino, en un proyecto resguardado celosamente por Antonio Matouk.

Ando volando bajo, reflejaría la pasión de Pedro por volar. Sus compañeros de reparto serían Luis Aguilar, quien finalmente la grabó en papel estelar a lado de Lilia Prado. Veríamos a un piloto algo enamorado y alocado que lidiaría con sus amores.

En *Su gran aventura,* despertaba nuevamente la iniciativa de Jesús Velázquez, quien escribiría el guión de esta historia en colaboración, vaya sorpresa, con el mismo Pedro.

Risas de la ciudad y *Amnesia, gimnasia y magnesia* también quedaron en proyecto para el actor desaparecido. La primera fue filmada en 1962 y tuvo como estelar a Joaquín Cordero. En una parte de la película el protagonista aparece maquillado de mimo, muy a la semejanza de *Un rincón cerca del cielo* y la historia está ambientada en paisajes crudos de la capital.

Otras cintas en las que ya no participó, fueron: *Ánimas Trujano, Las perlas de la Virgen, Los de abajo* (producción de la 20th Century Fox) y *Pancho Villa,* esta última, de Ismael Rodríguez. Es necesario señalar que el sueño de Pedro era dirigir su propia película. Por ello muchos de sus compañeros señalan que si hubiera estado vivo, El Toro, hubiera sido director de cine.

Una de las más grandes ambiciones de Ismael Rodríguez iba a hacerse realidad gracias a Pedro: superar con creces la producción de *Los tres huastecos.* Ahora se trataba de varios personajes que llevarían los rasgos de Infante. En esta nueva película titulada *El museo de cera (El jorobado),* se aplicarían los mejores efectos especiales hasta entonces realizados en el cine.

Juan Diego, Morelos, un jorobado, Benito Juárez, Pancho Villa, Cuauhtémoc y Jesucristo, iban a ser interpretados por él. Dicho proyecto ya estaba empezado, pues Ismael Rodríguez conservaba los bocetos originales para los cuales, dijo, Pedro ya había posado.

La historia era muy distinta a cualquier otra filmada por el actor. En ella, un jorobadito tiene constantes ataques de locura, y vive enamorado de una estatua: Rosario la de Acuña, mujer a la que idealiza. Muy a su manera, a este ser noble le gustaba entretener a los niños que lo visitaban, contándoles relatos distorsionados de la historia real. Por ejemplo, Sansón le había cortado el cabello a Dalila; el cura Miguel Hidalgo fusiló al batallón que lo tenía prisionero y Cuauhtémoc, en pleno acto de justicia, le había quemado los pies a Hernán Cortés. Momentos antes de morir, el jorobadito experimentaba una última locura; los personajes que se encontraban en sus aparadores del museo y que él mismo había esculpido en cera, cobraban vida y se reunían en su lecho de muerte. Ese era el momento estelar; los siete personajes cantarían en distinto registro. Hubiera sido interesante poder disfrutar de este trabajo, sin duda.

La historia nunca fue realizada por ningún otro actor, pues Ismael asegura que le pertenecía a Pedro y solo con él la hubiese hecho. De todos los planes por realizar películas, este era el más interesante, debido a la complejidad necesaria para su realización. Rodríguez poseía el talento, la magia y, sobre todo, nadie mejor que él conocía los límites de Pedro en quien tenía plena confianza.

Este es un breve fragmento de lo que el Jorobado hubiese dicho en voz de Pedro:

Yo hubiera querido ser Cuauhtémoc, ¿qué? Yo soy indio.

Y Juárez, el señor Juárez, ¿a poco no me le parezco? O Pancho Villa, con el siete leguas y mi cuarenta y cinco armo una revolución para mí solo. O el Rayo del Sur, como le decían al padre Morelos, qué padre... ¿Y si hubiera sido Juan Diego?, ¿qué le hubiera pedido a la Virgen? Le hubiera pedido, le hubiera pedido, no sé. Pero ser jorobado cómo cansa.¿Para qué pedir? Mejor hubiera sido el mero mero de una vez *(haciendo referencia a Jesús de Nazaret)* ¿no?, ¿qué no habría modo?[1]

---

1. *Así era Pedro Infante* ,1958, Producciones Rodríguez S.A, Duración: 90'. Tipo: Blanco y negro. Derechos reservados.

Ni el dinero ni nada

Debido a que Pedro Infante era el cantante y actor mejor pagado del medio, no era imposible imaginar que tenía una fortuna cuantiosa. Sin embargo, ante la ausencia de un testamento, nada de lo anterior era demostrable.

Intestado. Esta circunstancia originó discusiones y muchos problemas para la repartición del dinero entre sus seres queridos. La disputa dio comienzo. Por un lado, María Luisa León, Lupita Torrentera e Irma Dorantes, quienes al tener hijos de Pedro, reclamaban lo que les pertenecía bajo derecho. Por el otro, Doña Refugio Cruz y los nietos que dependían de Pedro.

A la riña se unían los nuevos hijos del actor que hicieron su aparición por aquellas fechas. Tal es el caso de la niña concebida por la cantante Lola Casanova, quien nunca aceptó la ayuda ofrecida por el padre, pero que de antemano, afirmó, no le interesaba absolutamente nada de herencia, solo el reconocimiento de la menor. De igual forma, el niño Ángel Ignacio Infante León, de tan solo nueve años. Su madre, Evelia León, había fallecido y se había criado con su abuela Doña Carmen

Mori de León, la cual afirmaba que el pequeño estaba registrado con el apellido Infante, aunque el Mil Amores nunca firmó el acta en la ciudad de Los Ángeles, California. La abuela admitió en su momento que Pedro siempre ofreció ayuda económica a la madre y al chico, hasta la edad de cinco años; pero, cierto día, el cantante quiso recogerlo. El temor de Evelia de no volver a tener noticias de su hijo, la obligó a ocultar dicha situación. Además, aseguró que el actor cómico Mario Moreno, Cantinflas, y el boxeador Raúl Macías, el Ratón, iban a ser los padrinos del niño y que, en su momento, ellos podrían decir la verdad.

Esta situación complicaba más el asunto de la repartición de la herencia, la cual ya se había estimado en cuantiosa: unos veinte millones de pesos por los bienes inmuebles, así como las acciones en algunos negocios y los objetos de valor que poseía Pedro. Ahora la ley tendría que fallar a favor de alguno de los protagonistas.

Por otro lado, Ángel Infante declaraba ante la prensa que la fortuna debería ser entregada a su madre y nietos. La guerra legal inició, y con ella, la verdad a flote por completo. Se fueron desglosando ciertas anomalías y sorpresas:

La casa de Mérida, Yucatán, no era propiedad de Pedro, sino de un señor llamado Ruperto Prado, lo que nadie podía creer. Eso no era todo, La casa de Cuajimalpa ya había sido saqueada: robaron los trajes de charro, las pistolas, el equipo de gimnasio así como algunos objetos de lujo.

Matouk Films, empresa que habían fundado Pedro y Antonio, reportaba números rojos y vales con la firma de Infante hasta por adeudos de dos millones de pesos. Para alejar cualquier duda se mostraron los libros de contabilidad que registraban pocas ganancias y pérdidas de hasta setecientos mil pesos.

La ley reconocía como posibles herederos a los hijos legales de las siguientes uniones: de María Luisa León, esposa legítima, a Dora Luz Infante León, hija adoptiva. De Guadalupe Torrentera, a Pedro y Guadalupe Infante Torrentera. Graciela Infante Torrentera ya había fallecido a causa de poliomielitis. De Irma Dorantes (Aguirre), a Irma Infante Aguirre.

Aunque otros supuestos hijos de Pedro hicieron aparición, la ley no podía tenerlos en cuenta, pues no existían documentos que los acreditaran como tales. De ahí la fama de mujeriego de Infante que pasó de la pantalla a la vida real. Los medios de información criticaban abiertamente esta actitud como una falta de respeto a la memoria del artista.

Al no existir una copia fiel del acta de nacimiento de Pedro Infante Cruz, las cosas se complicaron más. Nada podía definirse entonces y los alegatos continuaban. Los abogados entraron en acción. Armando del Castillo, representaba a María Luisa León; Mario Lazzeri a Doña Refugio Cruz y a los diecinueve nietos; Arsenio Farell Cubillas a Guadalupe Torrentera e Irma Dorantes. Los hombres de leyes se dieron a la tarea conjunta de resolver la madeja lo antes posible, para que cada una de las partes saliera satisfecha con el dictamen. Mientras tanto, Antonio Matouk declaraba lo siguiente:

«Como todos los artistas consagrados, Pedro Infante vivía dentro de un aparatoso y deslumbrante estuche, y nada más.»[1]

Esto daba a entender que no existía tan afamada fortuna. La ayuda monetaria que recibían cincuenta personas de la familia Infante fue suspendida, pues Matouk aclararía que esta la daba Pedro y no él. Así, Doña Refugio y los nietos dejaron de recibir dinero.

Los trámites sobre el asunto de la herencia acabaron treinta y siete años después. A continuación algunas citas de la nota emi-

---

1. CORTÉS Reséndiz, Roberto y TORRE Gutiérrez, Wilbert, *Op.cit*, p. 77.

tida por *El Universal*, en su sección de espectáculos, escrita por Alejandra Mendoza de Lira y fechada el 12 de abril de 1997.

La herencia que consistía en siete millones de pesos, producto de la venta de la casa del kilómetro 14.5 de la carretera México-Toluca, en Cuajimalpa, fue repartida en partes iguales para los cuatro hijos, así como para su esposa María Luisa León. Cabe mencionar que la casa se vendió como terreno, porque estaba muy deteriorada. Como ninguno de los beneficiarios podía comprar la parte de los demás, decidieron hace cuatro años venderla y hace tres años se repartieron el dinero, como lo resolvió el licenciado Carlos Prado de la Piedra (qepd). La casa la compró una compañía para construir oficinas. El único requisito que pusieron para vender la propiedad fue que se respetara la capilla de su papá, y así ha sido.

La nota continúa:

Los hijos de Pedro nunca quedaron desamparados, ya que antes de que les fuera repartida la herencia ya recibían regalías de Peerless y Orfeón por la venta de los discos de su papá. El cincuenta por ciento de las regalías eran para María Luisa León y el otro cincuenta para los otros hijos. De las películas que Pedro hizo.

Hace 4 años en el IMPI, Instituto Mexicano de Propiedad Industrial, su hija que manejó todo, Lupita Infante, lo hizo M.R. y en el INDAUTOR, Instituto Nacional de Derechos de Autor, registró el nombre de Pedro Infante.

LA VIDA SIN PEDRO INFANTE

Hoy se celebra una comida más de los Periodistas
Cinematográficos de México en honor a la señora Toscano. Se
ha invitado a distinguidas personalidades del celuloide quienes
degustan los platillos entre charlas amenas. Hay buen ambiente,
mucha camaradería.

—Señor Pedro Infante. Perdone que lo interrumpa. Mire, yo
he visto todas sus películas y me sé algunas de sus canciones; lo
admiro mucho.

—Gracias, es muy amable, de verdad muchas gracias.

—Pero, lo único que me duele es no haberle visto actuar en
persona. Es que siempre trabajo; ser mesero no da tiempo, pero
ya habrá alguna oportunidad.

—Mire, por favor, dígame cuando termine de servir,
¿quiere?

—¿Por qué señor Infante?

—Usted nada más dígame.

Cuando aquel muchacho termina su de atender a los invitados se aproxima nuevamente al artista:

— *Ya terminé señor Infante.*

Pedro se dirige junto con el mesero hacia la cocina del restaurante; donde encuentra una escena de cacerolas, platos sucios y gran bullicio, mismo que desaparece cuando lo ven entrar.

—*Hola muchachos y señoras guapas. Les voy a cantar, a petición de mi amigo, algunas de mis canciones más conocidas.*

¿Quién lo habría pensado? Ni siquiera aquellos que consideraban el hecho una auténtica exageración. Sin Pedro Infante, las cosas ya no marchaban bien. Cuando la delegación mexicana asistió al Festival Cinematográfico de Berlín, celebrado del 21 de junio al 2 de julio de 1957, los estudios de filmación Azteca, CLASA y Tepeyac, estaban heridos de muerte, a punto de la quiebra. A pesar de que la producción fílmica continuaba, nadie hubiera creído que sin Pedro Infante la industria se colapsaría. Se descubrió entonces la verdadera dimensión que Pedro había adquirido ante su público.

Pero, ¿quién conocía al actor mexicano, fuera de su país? Ciertamente comenzaba a ganar notoriedad, mas le faltaba empuje. España lo pedía y tenía algunos proyectos que ofrecerle. La decisión de Pedro fue trabajar exageradamente aquí, sin intuir el futuro de la internacionalización. Tal vez le parecía imposible; no era refinado, jamás abandonó su condición de provinciano; no dominaba la lengua inglesa, aunque podía interpretar alguna canción en ese idioma; comenzaba a caérsele el cabello, por ello en son de broma declaraba a los diarios que uno de sus propósitos de año nuevo de 1957, era el de dejarse crecer el pelo, aunque este fuera postizo; como las preocupaciones legales; al menos aquí, en su país, se sentía seguro.

Su película *Tizoc* ganaba el premio del Oso de Plata sin elaborados pronósticos. Se reconocía a Pedro Infante como el mejor actor del mundo en 1958. En la terna figuraban también Henry Fonda, por su actuación en la cinta *Doce hombres en pugna*, Marlon Brando y Glenn Ford por *La casa de té de la luna de agosto*. Los derrotó sin saberlo. Cuando se esperaba que recogiera su premio, Antonio Matouk subió al estrado para informar a los asistentes que el artista había muerto en un accidente. Se le guardó entonces un minuto de silencio para después tributarle una fuerte ovación de pie.

A partir de este reconocimiento, Polydor, empresa discográfica alemana, solicitó algunas grabaciones de Pedro para editar un material conmemorativo. Debemos considerar lo lejos que pudo haber llegado su estrella en el mundo. El Oso de Plata estuvo en poder de Ismael Rodríguez. Doña Refugio, madre de Pedro, así lo consideró apropiado, pues ella consideraba que él era el el padre cinematográfico de su hijo.

La muerte de Pedro Infante repercutió principalmente en dos esferas específicas: el mundo empresarial del espectáculo y la sociedad que lo admiraba. Su popularidad sirvió de mucho a la industria fílmica y discográfica del país. Las películas que protagonizaba registraban grandes entradas en las salas de la capital y del resto de la República Mexicana. De esta manera, el actor del que se burlaban en sus primeras actuaciones por falta de experiencia ante la cámara, a la postre recibía múltiples peticiones para que interviniera en varios repartos.

Nadie podía llenar su imagen y voz. El actor Fredy Fernández, El pichi, recordaría en una entrevista para el diario *La Prensa*, esta verdad:

[...] los meses siguientes fueron un auténtico debacle en la industria cinematográfica, pues los productores veían escaparse de sus manos miles de dólares, pues el joven sinaloense era un auténtico cheque al portador. Por aquella época los productores recibían fuertes anticipos en dólares, por enviar inmediatamente a los países solicitantes las películas de Pedrito. Acabo de recordar que mientras velábamos el cuerpo de Pedro Infante, en el teatro Jorge Negrete de la ANDA, la tarde del 16 de abril, nos encontrábamos varios artistas y productores. Uno de estos le dijo a Fernando Casanova, «Mejor te hubieras muerto tú», lo que dejó sin palabras al pobre de Fernando. Es que algunos productores son bien ca...nijos. Ustedes ya los conocen.[2]

Pedro Infante construyó y solidificó, con la ayuda de los directores que le asesoraron, la imagen del hombre trabajador, valiente, apasionado, macho, noble, comprometido, emprendedor; el mexicano que sale airoso de la adversidad y el infortunio. Aquel que era capaz de darlo todo, sin pedir nada a cambio, y que en la mujer encuentra simultáneamente el amor, la pasión y la posibilidad de hacerla un objeto de su propiedad. Dicha personalidad, lejos de ofender a las féminas que se aglomeraban en las puertas de los teatros y estaciones de radio, las cautivó.

Como lo señala el escritor José Agustín; el paso de Infante por el cine originó que *«la gente pobre (pero también la clase media y muchas señoras de la alta) sucumbieran gozosas ante el carisma, la apostura, buena voz, energía vital, calidez, sencillez y simpatía del Charro Cantor. Pedro Infante rebasó la condición de ídolo y se constituyó en un auténtico mito nacional porque encarnó una figura arquetípica de México.»*[1]

También la industria discográfica se veía seriamente afectada. Los compositores veían escaparse la posibilidad de que en la

1. AGUSTIN, José, *Tragicomedia Mexicana I. La vida en México de 1940 a 1970*, Editorial Espejo de México Planeta, 1992, p. 96.
2. CORTES, Reséndiz, Roberto y TORRE Guitiérrez, Willbert, *Op.cit*, p. 126.

entonación del mazatleco, sus letras se transformaran en éxitos. Nuevos cantantes surgían de las sombras del anonimato, pero ninguno poseía el talento, la viveza y la frescura de Infante.

El ingeniero Heinz Klinckwort, entonces director artístico, respalda lo anterior a través del siguiente testimonio:

Prácticamente sólo los sábados podía Pedro grabar discos, porque entre semana tenía muchos compromisos, principalmente actuando en las películas [...] Un sábado llegó a grabar acompañado por Verónica Loyo y el padre de ella, que también hacía composiciones; Pedro había accedido a grabar una canción de su repertorio. Cuando yo oí esa selección interpretada por Rubén Fuentes al piano, informé a Pedro que no me parecía propia para él, como lo dije delante de todos los presentes; Pedro se molestó contestándome que en caso de que yo no permitiera la grabación de la melodía del señor Loyo, iría a grabarla a RCA Víctor. En ese momento entró al estudio la secretaria de la Dirección Artística indicándole que tenía una llamada telefónica; salí junto con él y posteriormente, al regresar Pedro a grabar, ante mi insistente negativa, el artista se me cuadró militarmente y dijo: «Como usted mande; usted es el patrón». En un momento dado Pedro sabía disciplinarse [...] Llevar a cabo grabaciones con Pedro daba gusto, porque él era muy talentoso: muy raras veces se sabía una canción del programa por grabar, pero en quince minutos se la aprendía; otros quince para encontrar la propia interpretación, más quince adicionales para grabar la melodía con acierto. Fácilmente grababa en un día entre ocho y diez canciones, casi un disco LP por sesión.[3]

---

3. CASTAÑEDA,Ricardo y VELA,José Luis, *Homenaje a Pedro Infante 1957-1992*, *Op.cit*, pp. 9-10.

Para no reportar pérdidas ni en el cine ni en la música, se hicieron nuevas copias de los éxitos discográficos de Pedro y fueron lanzados a la venta, al igual que sus películas fueron reestrenadas en las principales salas del país, alimentando la expectativa de ver las últimas filmaciones del sinaloense. Este hecho representaba para algunos una falta de respeto y, para otros, una forma de rendirle un sincero homenaje. Lo cierto es que estas medidas reflejaron en su momento una salida de emergencia ante la pérdida de una mina de oro.

También se comercializó la figura de Pedro Infante con la aparición en el mercado de la historieta *La vida y los amores de Pedro Infante,* editada por publicaciones Ortega Colunga. En sus portadas, las viñetas se inspiraban en las películas del astro y su contenido mezclaba la ficción y la realidad, obteniendo como resultado una historia muy subjetiva.

El 23 de abril del siguiente año, Radio 6.20, realizó un programa homenaje, llamado: *Pedro Infante; sus canciones y su vida.* Fueron invitados familiares y compañeros para que hablaran de las anécdotas vividas a su lado. Los productores realizaron un trabajo arduo con el fin de poder reconstruir la faceta artística y profesional del astro.

En 1958, XEQ lanzó su programa *La historia y las canciones de Pedro Infante.* En él se contaban, de igual forma, anécdotas, pasajes poco conocidos de su incursión en la radio y una semblanza en voz de sus compañeros del cine y el canto.

Su público, especialmente el pueblo, sintió considerablemente el fallecimiento de Pedro. Centraron su atención en los pormenores del sepelio y los escándalos que se formaban alrededor del artista.

Como consecuencia de los hechos, se registraron ataques de nervios, desmayos y desesperación en diversos sectores de la sociedad. Se reportaron suicidios en algunas zonas de México, y otros países como Colombia, Argentina, en Estados Unidos, la ciudad de Los Ángeles, California; Paraguay y Venezuela. El caso más sonado fue el de la joven venezolana Josefina Vaica, de tan solo diecinueve años, que acaparó las notas centrales de los periódicos. Se informaba de que en la ciudad de Meno Grande, en el distrito Bolívar, la chica había ingerido una cantidad considerable de barbitúricos para morir, debido a que no soportaba la pérdida del cantante mexicano.

Estos sucesos no serían las únicas reacciones de la gente. Días después del sepelio de Infante la gente continuaba visitando su tumba y dejando flores sobre ella. Según declararon al periódico *La Prensa*, ellos preferían hacer su propio homenaje a Pedrito, pues el día de los funerales solamente los morbosos y oportunistas habían estado presentes.

Con el pasar del tiempo, la vida de Pedro Infante fue referente de muy diversas situaciones. Las mujeres que compartieron su vida con él, decidieron llevar a la luz pública lo que hasta entonces se desconocía. María Luisa León de Infante poseía el gran mérito de haber compartido la etapa más difícil de Pedro: desde los primeros fracasos del artista, el empeño de joyas para subsistir a la pobreza de la capital, hasta el goce de la fama y ruptura conyugal. Con ella no pudo procrear hijos, aunque adoptaron a Dora Luz, sobrina del artista. Las peleas más turbias de la pareja fueron aquellas provocadas por los constantes escándalos del actor con otras mujeres del medio artístico y de la vida cotidiana, divulgados en la prensa amarillista. A la muerte de Pedro, publicó en 1961 el libro *Pedro Infante en la intimidad conmigo*, donde recoge sus memorias y la versión de lo vivido con el Nene. Actualmente dicha edición está agotada. El material facilitó la creación del guión de la cinta *La vida de Pedro*

Infante, filmada dos años después bajo la dirección de Miguel Zacarías.

La bailarina Guadalupe Torrentera fue su segunda compañera sentimental. Con ella Pedro tuvo tres hijos: Pedro Infante Torrentera, Guadalupe Infante Torrentera y Graciela Infante Torrentera, que murió a la edad de un año y cuatro meses. Al igual que María Luisa, publicó sus memorias en 1991 con el nombre de *Un gran amor*. En ellas habla desde su primer encuentro con el actor en 1945, hasta la relación de pareja que mantuvieron hasta el día de su muerte.

Caso diferente fue el de la actriz Irma Dorantes (Irma Aguirre Martínez). Con ella tuvo una hija, Irma Infante Aguirre, que actualmente es actriz y cantante. Irma no ha escrito hasta la fecha ningún libro, aunque el 11 de abril del 2005 declaró en algunos diarios que deseaba hacerlo. No se sabe aún cuándo podría salir a la venta. Ella se ha negado a exponer los pormenores de su relació. En 1997, en el programa de televisión *Siempre en domingo*, le rindió un homenaje y habló un poco de lo sucedido en su relación personal y profesional.

En 1963, su amigo Ismael Rodríguez Ruelas presentó el filme *Así era Pedro Infante.* En realidad se trataba de un documental escrito en colaboración con Ricardo Garibay, narrado por Arturo de Córdova, el cual había participado con especial emoción en el proyecto. Este material se aleja de los chismes y los escándalos para presentarnos la dimensión de un artista único en su género. Incluye fragmentos de las cintas donde lo dirigió; desde sus actuaciones principiantes hasta aquellas que fueron y son capaces de conmover a diversas personas.

Tal vez nadie habría imaginado que la historia de Pedro Infante iba a continuar hasta nuestros días. Muchas situaciones, anécdotas, historias y vivencias se siguen ventilando desde la inmortalidad de su sepulcro, donde una efigie del artista observa el paso del tiempo. Este año se cumple medio siglo de su trágica muerte y, sin embargo, se mantiene como un auténtico ídolo de las masas. Las nuevas generaciones ven sus películas y escuchan sus canciones. Conocen su leyenda, y tal parece que esta se va transformando cada día con el paso de la nostalgia.

OTRAS PUBLICACIONES CONSULTADAS:

Archivo de la Revista Cinereporter (1945...1957)

AMADOR, María Luisa y AYALA Blanco, Jorge
Cartelera Cinematográfica 1940-1949 & 1950-1959
UNAM, México Centro de Estudios Cinematográficos
1982/1985

LEON, María Luisa
Pedro Infante en la intimidad conmigo
Carnaval
México, 1961

TORRENTERA Guadalupe y ÁVILA Estela
Un gran amor
Diana
México, 1991

ARMENDARIZ Jáuregui, Silvia
Semblanza de Pedro Infante
Grupo Radiópolis
México, 1991

FRANCO, Sodja Carlos
Lo que me dijo Pedro Infante
Edamex
México, 1977

HUBBARD, Carlos R.
Cuentos de mi Rosario
Mimeo
Sinaloa, 1991

CEJA Reyes, Víctor
Pedro Infante, el trovador de México
La Prensa, División Comercial
México, 1957   (Primer libro dedicado a Pedro Infante en México.)

Tele Guía
38 años hace que se fue al cielo Pedro Infante
Editorial Televisa
México, 1995

Super Especial
Pedro Infante, 39 años se llora su ausencia
Ediciones TEMAS S.A de C.V
México, 1996

Revista de Revistas de Excélsior
Pedro Infante a los 30 años de su muerte
Excélsior Ediciones
México, abril de 1987

Somos Uno
Pedro Infante, el hombre, el mito y la leyenda
Editorial Eres S.A de C.V
México, enero de 1993

Periódicos: *El Nacional, La prensa, El universal, Excélsior*
Fechas consultadas: 15 al 29 de abril de 1957

ÍNDICE